「神様(おまえ)が救わないなら、
魔王(俺)がすべてを救ってやる!!」

「……」
ふにっ。

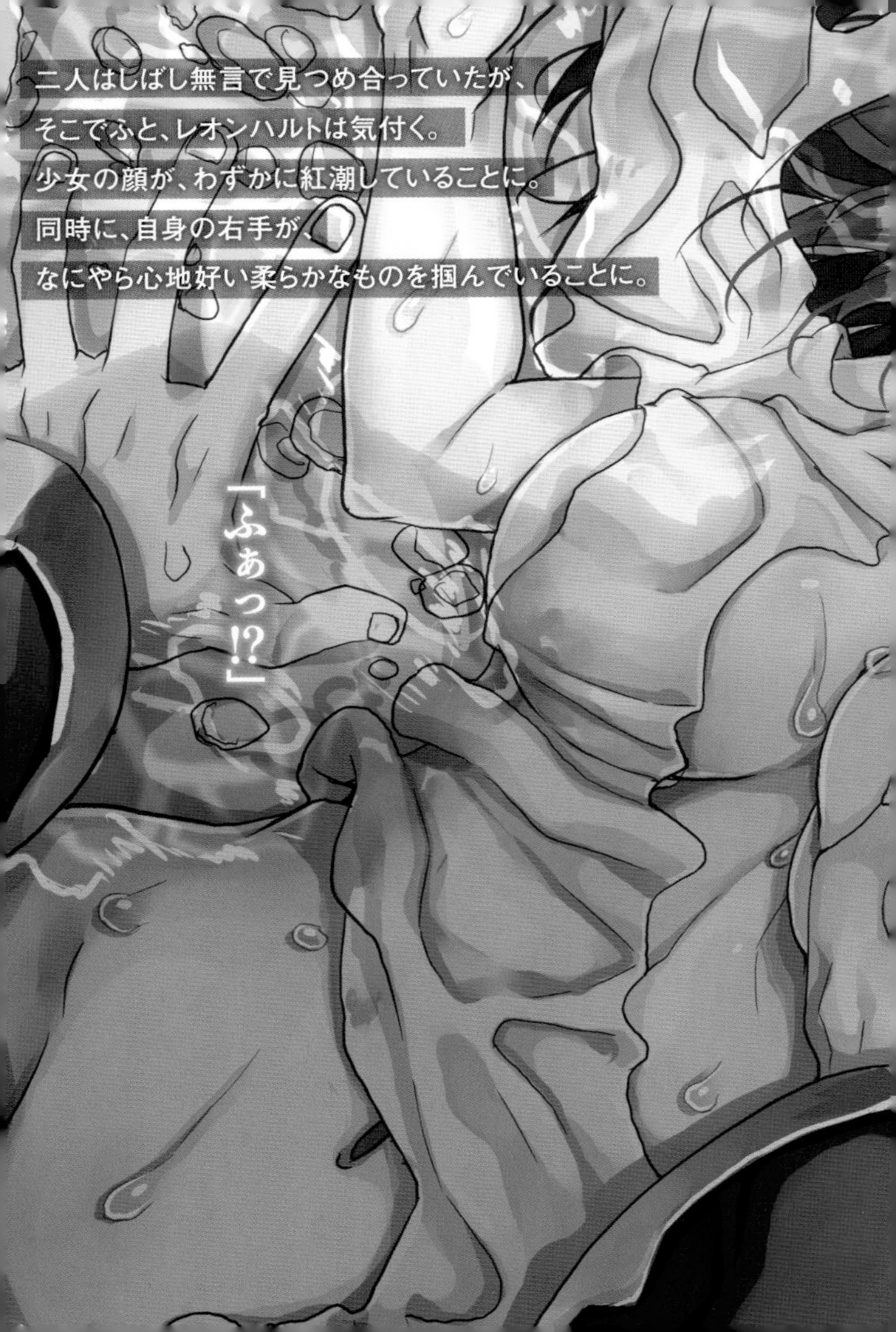
二人はしばし無言で見つめ合っていたが、
そこでふと、レオンハルトは気付く。
少女の顔が、わずかに紅潮していることに。
同時に、自身の右手が、
なにやら心地好い柔らかなものを掴んでいることに。
「ふぁっ!?」

「ミア、あまり困らせてはいけませんよ」
「へーいかー♪」
「久しぶりなのだー♪」
NAME
ミア
（ミア・ローゼンツヴァイ）
レオンハルトの
配下?にして
《吸血鬼》。
NAME
シルヴィア
（シルヴィア・メクレンブルク）
レオンハルトの
配下?にして
《妖精》。

「ちょ、ミアっ、離れろっ」
「いいではないか、
ミアはずっと会いたかったのだぞ？」
「えっ？
えっ!?」
「シルヴィア!?
なんで、おまえがここに？」
NAME
レオンハルト・
ヘルブスト
本作の主人公。
転生者にして
新たなる《魔王》。
NAME
シャル
（シャルロット・ストラウス）
レオンハルトと
共に
旅をする《魔女》。

「そこまでして、おまえ一人が戦ってどうなる？
おまえだけが傷ついて、苦しみもがくだけだ」
「たとえそうだったとしても、
俺はおまえを斃すために立ち上がるだけだ」
「なんのために？」
「俺自身のために」
投げ掛けられた問いに、
レオンハルトは間髪入れずに答えた。
するとアモルヴィアは、
しばしじっとレオンハルトのことを見つめる。
やがて、ぽつりと呟いた。

「……似ているよ、おまえは」
NAME
アモルヴィア
神話の時代に
《魔物》を生み出した
《魔性母神》。

魔王と魔女の英雄神話

MAO TO MAJO NO EIYU SHINWA

CONTENTS

まおうとまじょの
えいゆうしんわ

魔王と魔女の英雄神話

神ノ木真紅

講談社ラノベ文庫

口絵・本文イラスト／蔓木鋼音
デザイン／ＡＦＴＥＲＧＬＯＷ

「神様（おまえ）が救わないなら、魔王（俺）がすべてを救ってやる‼」

序章　転生は後悔と共に

「もしも、なにか一つだけ願いが叶うなら、なにを叶えてほしい？」

年端もいかぬ少女の明るい声が、真っ白な部屋の中に響く。

壁もカーテンも、布団もシーツもなにもかもが白い、消毒液のニオイが染みついた部屋。

長い茶髪を揺らす彼女は客人であり、部屋の主はベッドに座る黒髪の少年だった。

少年は数秒だけ黙考し、特にこれといった答えを出せぬ自分に少しばかり呆れた。

「それは、おまえが叶えてくれるのか？」

「んー、どうしよっかなー？」

質問に対してややおかしな回答をする少女に、少年はやれやれとばかりに微笑する。

「なら、おまえはなにかあるのか？」

「うん？」

「願いだよ。なにか一つ叶うとしたら、おまえはなにを願うんだ？」

「うーん、わたしの願いかぁ」

客人用の椅子に座りながら両足をぷらぷらさせて、少女はわざとらしく腕を組んで考え込む。

しかし、少女もまた答えが出なかったのか、

「わたしのことはいいのっ！　今はキミのことだよっ」

強引に話の軸を戻され、少年は予想通りの展開に苦笑い。

彼が目の前の少女と出会ったのは、かれこれ一年ほど前のことになる。


余命三ヵ月。少年がそれを告げられたのは、高校一年の六月。十五歳のときだった。

彼は元々、体が強いほうではなかった。幼少期から入退院を繰り返しており、高校一年の四月に体が限界を迎えた。

諸々の検査の末、入院が必要と判断される。

日を重ねるごとに容態は悪化。薬の効果も薄く、かといって手術ができるだけの体力があるかも怪しいのが現実だった。

瞬く間に合併症が起き、入院から二ヵ月たった日、先の余命が告げられる。

余命が告げられた日から、少年の周囲は激変した。

——なんでも言ってくれていいからね？

それは、両親の言葉だった。

——かわいそうに、まだあんなに若いのに……。

それは、女性看護師の言葉だった。

――これから、たくさん見舞いに来るようにするな。

それは、小学校からの親友の言葉だった。

同情、憐憫、惻隠……向けられる感情はそれら一色。

しかし、少年は自分の境遇を特別不幸だとは思っていなかった。

少年が生まれ育ったのは日本という国であり、平和な世の中で自由に生きることができたのだ。

だから、同情など求めてない。特別な扱いなど必要ない。それが少年の本音だった。

けれど、周りの人間は〝無理するな〟〝気にしなくていい〟と言うばかり。

そうして少年は、一つの怒りを覚えた。だから、彼は一つの決意をする。

どんなに醜くても、哀れでも、痛ましくても、必ず余命を超えて生きてやる――と。

それは少年なりの叛逆だった。

もしも運命なんてものがあるのなら、そんなものに屈しないことを示したかったのだ。

それからの日々は、激痛との戦いだった。

いっそ死んでしまえば、どれだけ楽だろうか――少年がそう思ったのは、一度や二度ではなかった。

そんな生活を続けていた、ある日のこと。

「おーい？　大丈夫？」

痛みに耐えかねて病院の通路で蹲っていた少年の耳に、友人や知人に掛けるような気安い口調の声が届く。

少年が声に釣られて顔を上げる。そこには、彼を見下ろす一人の少女がいた。

長い髪が垂れ落ちないように手で押さえ、わずかに腰を落として少年を見つめる。そんな彼女は、薄い桃色の入院着の上に白いストールを羽織っていた。

「立てそう？」

そう言って、少女は右手を少年へと差し出す。

少年は差し出された手を取るか逡巡する。

しかし、今の自分に意地を張っている余裕がないのは、彼も自覚していた。

「……悪い」

一言詫びてから少女の手を握り、壁に手をつきながら少年は立ち上がった。

それが、少女との出会い。

いつしか彼女は少年の病室に入り浸るようになり、二人の関係は今日まで続いていた。

「それで、なにか願い事はないの？」

「……特にないよ」

「え？　なにも？」

「ああ」

「えー……。なにか一つくらいない？　なんでもいいんだよ？　ほらほら」

なにやら必死な少女には申し訳なかったが、本当に願いなどなかったのだ。

「むしろ俺のほうが、なにかしてやりたいくらいなんだけどな……」

飽きもせずやって来る少女の存在は、少年にとって孤独な戦いの支えとなっていたのだ。

だから、少年は少女に恩を感じていた。

彼女がいなければ、きっと自分はここまで生きられなかったと思うから。

なにより、少年が真に求めた、ありきたりで平凡な時間というものを与えてくれたから。

そこでふと、彼はたった一つだけ、生まれたばかりの願いを自覚する。

少年はそれを口にしようとして……けれど、やめた。

今すぐである必要などない。そう考え直し、少女との時間を優先した。

だが、彼はその日の夜に、あっけなく死んだのだった。

そして、少年は女神と出会った。

「――ごめんね」

発せられた第一声は、少年への謝罪だった。

「また、キミを幸せにしてあげられなかった……」

そう語る女神によって、少年は今まさに、次なる生へと旅立たされようとしていた。

だが、少年はそんなことを望んでいなかった。

「待ってくれっ！」

少年は踏み止まろうとするも、抗えぬ超常の力を前に為す術はなく……。

「大丈夫、次こそ必ず幸せにする。わたしが、キミを幸せにしてみせるから」

決意を瞳に宿し、優しく微笑む女神へと手を伸ばすも、その手は届かない。

言わなければいけないことがあった。

伝えなければならないことがあった。

けれど願いは叶わず、それが少年にとって唯一の後悔となった。

その後悔を抱いて、彼の魂は巡る。

場所を、時代を、世界を変えて――彼は新たな命として転生する。

その果てに、彼は異界の地で『魔王』と呼ばれることになる。

『魔王』――レオンハルト・ヘルブスト。

それが、少年の新しい名前と人生だった。

第一章　魔王の求めるもの

裸の少女が、そこにいた。

黒髪に紫紺色の瞳を持った少年――レオンハルト・ヘルブストの視線の先。

崩れかけた石橋の下、川で水浴びをしていたのであろう少女と目が合う。

目鼻立ちは整っており、長い茶色の髪に付いた水滴が陽光を反射している。幼さの残る容姿ながらも胸は豊かに実り、腰は美しい曲線を描いていた。

水滴が瑞々（みずみず）しい白い肌を濡（ぬ）らし、鎖骨や腰のライン、双丘の谷間へと伝い落ちる。

「…………」

「…………」

レオンハルトと少女の無言が行き交う。

（どうして、こうなった……）

レオンハルトは旅の道すがら、川へ水を求めてやって来ただけである。

橋の下に裸の女の子がいるなどと、果たして誰が思うだろうか。

予期していなかった事態を前に、レオンハルトと少女は時間が止まったかのように呆然（ぼうぜん）としていた。

川のせせらぎが異様に大きく聞こえる中、先に動いたのは少女のほうだった。

「――っ！」

はっとした少女は左腕で胸を隠し、右手をレオンハルトのほうへと伸ばす。

すると、少女の右手に一本の杖(つえ)が現れた。

全長は少女の身長よりも少し長い程度だろうか。杖の先端には紅玉があり、天球儀のように周りを大、中、小、三つの輪が覆っている。銀色の柄に汚れや傷は一つもなく、簡素ながらも美しい意匠の杖だ。

虚空(こくう)より現れたその杖を見た瞬間、レオンハルトは息を呑(の)んだ。

(『霊宝(レストアーツ)』⁉)

レオンハルトは慌てて少女へ抗弁する。

「ま、待ってくれ！　俺は決して覗(のぞ)くつもりはっ」

焦って言葉を並べるレオンハルトを他所に、少女を中心に魔力の燐光(りんこう)が周囲へと散る。

その現象は少女が体内で魔力を熾(おこ)し、魔法の発動準備に入ったことを意味していた。

(ちょっとは話を聞いてくれてもいいだろうに……ッ)

レオンハルトは内心で毒づいたが、同時に無理もないことだと判断する。

突然のことで、少女も気が動転しているのだ。悪意がなかったとはいえ、少女の側からすればレオンハルトは覗き魔である。もしかすると、野盗と誤解されているのかもしれない。

野盗は金品、衣服を問わず、奪えるものは奪う輩たちだ。人を攫って奴隷市に流すなんてこともある。

少女からすれば身の危険であり、自分自身を守ろうとするのは当然だった。

そしてこの状況で魔法を使うなら、やはり攻撃系の魔法だろう。

そう判断して、レオンハルトも動いた。

「――ッ」

体内にある魔力、その流れを操作して身体能力を超化。

ジャリッ、という砂の擦れる音が響く。同時に、瞬きする間もなくレオンハルトが少女の眼前に近づいていた。

危険を察知したレオンハルトの体が、現状で最適だと判断した対応を取ったのだ。

その対応とは、今まさに魔法を使おうとしている少女への接近だった。

術士と呼ばれる者へのもっとも簡単な対応は、その術士に近づいてしまうこと。

単体への攻撃魔法なら〝間合いのさらに内〟へと踏み入れば当たらず、範囲魔法なら術者自身が巻き込まれるため中断するしかない。

だが――

（やばっ⁉）

咄嗟のことだったため、体の重心が前方へと寄ってしまう。
レオンハルトは急な加速と不安定な体勢にブレーキが掛けられず、
「えっ？」
驚いた顔をする少女へと突っ込んだ。
少女の体が川に打ち付けられ、水が激しく跳ね上がる音が辺りに響く。
四つん這いになったレオンハルトの眼前には、彼に押し倒された少女の顔があった。
（どことなく似てるな、あいつに……）
目の前にある少女の顔を見て、レオンハルトはある顔を思い出していた。
それは前世で、彼の病室へとよく遊びに来ていた少女の顔で。
知らず知らず、レオンハルトは少女の瞳に魅入ってしまっていた。
少女の瞳がレオンハルトの瞳を、レオンハルトの瞳が少女の瞳を縛って離さない。
それはまるで、互いになにかを感じたかのように。
二人はしばし無言で見つめ合っていたが、そこでふと、レオンハルトは気付く。
少女の顔が、わずかに紅潮していることに。
同時に、自身の右手が、なにやら心地好い柔らかなものを掴んでいることに。
レオンハルトが少女の瞳から視線を外し、ゆっくりと下方へ目を向ける。
そこには、少女の左胸を掴んでいる自分の右手があった。

少女の胸は手に収まりきらない大きさであり、柔らかくも程好い弾力を手に伝えてくる。

「…………」

ふにっ。

「ふぁっ⁉」

右手に少し力を加えると、少女の口から小さな嬌声がこぼれた。

レオンハルトの頬を一筋の汗が伝い落ちる。

視線を戻すと、そこには羞恥に耳まで赤くした少女の顔があり──

(……どうして、こうなった)

内心で呟いたレオンハルトの左頬に、少女の張り手が炸裂した。

† † †

オルビス大陸。

歴史が神話の時代から地続きであるこの世界には、超常のチカラが存在した。

魔法序列と呼ばれる、第一から第七の位階で構成された魔法。

神話の時代に創られた武器や防具といった『霊宝』。

一部の者が持つ先天性の異能である『天稟（ギフト）』。

魔法の叡智（えいち）を授ける魔導書。

これらの超常のチカラが実在する世界で、人類は七種類の種族に分かれていた。

人間、エルフ、ドワーフ、獣人、吸血鬼、妖精、竜人——この世界では、これら七種族を総じて人類と呼ぶ。

人類史は神話の時代から続いており、神話もまた連綿と後世へ語り継がれてきた。

その神話の中に、『魔王』と呼ばれる存在がいる。

『魔王』とは、このオルビス大陸の誰もが知る存在。語り継がれている巨悪の一柱。

神話の時代、世界を我が物にせんと、神も人も殺す大殺戮（だいさつりく）を起こした存在だ。

そして、かの『魔王』が存在した神話の時代から三千年。

ここ——コンコルディア王国に、新たな『魔王』が誕生していた。

その『魔王』であるレオンハルトは今、川岸で少女と向かい合って座っていた。

少女はすでに衣服を着ており、白いオフショルダーのシャツと黒いスカート、その上に真っ白なケープを羽織っている。長い髪は水気を拭き取られ、ハーフアップにされていた。

そして現在、少女は正坐するレオンハルトを詰問していた。

「つまり、水を飲みに来ただけで、ほんとにわざとじゃないの？」

「はい……」

「………」

少女はじっとレオンハルトのことを見つめ、やがて小さく溜息を吐いた。

「はぁ……、そっか。それなら、許してあげる」

「いいのか？」

「わたしも、人が来るかもしれないところで水浴びしてたからね」

少女は困ったように微笑しながら「強くは責められないよ」と付け加えた。

「そういえばキミ、名前は？」

「ん？　ああ、まだ言ってなかったな。俺はレオンハルトだ。レオンハルト・ヘルブスト。種族は人間だ」

「レオンハルト……じゃあ、レオくんでいい？」

「ああ。長いからな」

レオンハルト自身、自分の名前は長いと思っていた。

転生前の彼は日本人であったため、特にそう感じていたのだ。

「わたしはシャルロット・ストラウス。種族はレオくんと同じ人間。わたしも長いから、シャルって呼んでくれていいよ」

「わかった。それじゃあ、そう呼ばせてもらうよ」

「うん」

ニコニコと嬉しそうな笑みを浮かべ、シャルは満足そうに頷いた。

「それにしても、びっくりしちゃった。わたしが魔法を使おうとしたら、逃げないどころか向かってくるんだもん」

「それを言ったら、俺だって驚いたよ。いきなり魔法で攻撃されそうになったからな」

「ごめんね。でも、わたしが使えるのは防御系と支援系の魔法だけなの」

「そうなのか？」

「レオくんに魔法を使おうとしたのも、半分は脅かすくらいのつもりだったんだどね。まさか『霊宝』を見ても怖がられないなんて思わなかったよ」

「俺も一応、『霊宝』を持ってるからな」

「ああ、そっか。なるほどね」

誤算だったと言わんばかりに、シャルは困り笑いを浮かべた。

相手が『霊宝』の使い手だとわかったうえに、魔法で攻撃されそうになれば普通は逃げ出すはず──シャルはそう考えていたのだ。実際、それは間違いではない。

『霊宝』の有無によって生じる戦力差は大きく、この世界の誰もが知る常識だ。

たとえ攻撃系の魔法が使えないとしても、『霊宝』を見せるだけで相手を威圧するには十分なのだ。

「攻撃系の魔法が使えないわたしには、この《アリス・マギア》は宝の持ち腐れかな」

シャルは右手の指先で、自身の右隣にあった杖の柄をそっと撫でた。

天杖《アリス・マギア》——シャルの持つ『霊宝』の銘だ。

語り継がれている神話にも登場する『霊宝』であり、善神ルシオラが創ったものとされている。

「宝の持ち腐れってことはないだろ。シャルは『霊宝』に選ばれるくらい実力があるってことなんだから」

『霊宝』にはそれぞれ固有の能力があり、持ち主に絶大な恩恵を与える。

その代わりと言うかのように、『霊宝』は自らを使う持ち主を選ぶ。

己を使うに値しない者には決して触れることを許さず、逆に己を使うに相応しいと思う者がいれば、自らその者の前へと姿を見せる。

この世界で魔法を使う者は、大半の人類が第三位階までしか至れない。むしろ、第三位階に到達できるだけでも異才という扱いだ。

第四、第五位階に至れる者で秀才。第六で天才、それより先は超人の領域とされる。

基本的に『霊宝』は力のない者を選ばない。秀才という凡人の延長線上では、彼らのお眼鏡に敵うことはまずない。

けれど当のシャルは、レオンハルトの言葉を複雑そうな面持ちで受け止めた。

「どう、だろうね……」

（もしかして、触れてほしくない話なのか？）

シャルの様子にはそういう空気があった。

推察があっていたのか、シャルは話をレオンハルトのことへと変える。

「一人みたいだけど、レオくんは旅でもしてるの？」

「俺は――」

問いに答えようとして、レオンハルトは口にしかけていた言葉を切った。

旅をしているのは事実だったが、旅の目的を口に出すわけにはいかなかったからだ。

（さすがに言えないよな。魔導書を……禁忌の代物を探してるなんて）

魔導書。誰が、いつ、どういった目的で書いたのか、一切わからない魔力を宿した本。

そこには膨大な魔法の知識が記されており、本を開けば一瞬でその知識を得ることができる。

本来、魔法は鍛錬を積むことで習得する。しかし、魔導書はその過程を省けてしまう。

それだけなら、なにも問題はなかったのかもしれない。

では、なぜ魔導書が禁忌とされるのか。

それは、過去に失われたはずの禁術……その詳細が記されているからだ。

その危険性から先人たちが使用方法を抹消し、現在では名前だけが残った禁術。その抹消されたはずの情報が、魔導書からは得られてしまう。

ゆえに、現在では魔導書そのものが禁忌に指定されている。

(そもそも、話すわけにはいかないか)

禁術の使用は重罪であり、発覚した場合は一族郎党まで罪に問われることとなる。

これは禁術の口伝を防ぐためのものであり、問答無用で極刑に処されるのだ。

だから、レオンハルトは自身の目的を語るわけにはいかなかった。

仕方なく、話せる範囲のことだけを語ることにする。

「まあ、旅だな。一人旅だ」

「そっか」

「シャルのほうこそ、なんでこんなところに一人でいたんだ?」

旅の目的を詮索されたくなかったレオンハルトは、タイミングを見計らってシャルへと話を振る。

「ちょっと遺跡に行ってたの」

「遺跡?　シャルは冒険者なのか?」

この世界には冒険者ギルドというものがあり、そこに所属する者を冒険者と呼ぶ。

冒険者は、いわばなんでも屋だ。神話の時代に造られたダンジョンの調査や、魔物と呼ばれる神の被造物の討伐を生業としている。

「ううん、わたしは冒険者じゃないよ。遺跡には換金できるものを探しに行ったの。お金が心許なくて」

シャルは恥ずかしそうに微笑しながらそう言った。

「シャルも旅を？」

「そんなところ、かな。元々住んでた村にいづらくなっちゃってね」

そこまで言って、シャルは小さく「あっ」と声を漏らす。

まるで、自身の失言に気付いたように。

「村にいられなくなったのか？」

「………色々あって」

シャルは困ったような笑みを浮かべて言葉尻を濁した。

（深くは訊かないほうがよさそうだな）

そう判断したレオンハルトは、それ以上質問するのをやめた。

大なり小なり、脛に傷を持つ者はこの世界では珍しくない。レオンハルトだってその一人だ。むしろ『魔王』である彼以上の秘密を持つ者など、そうそういないだろう。

「換金できそうなものはあったのか？」

「一応ね。だから、この道の先にあるミルヒの街に行こうと思ってたの」

「なら、一緒に行かないか？　俺も街に行きたかったんだ」

「うん、いいよ。一緒にいこ？」

シャルはおもむろに立ち上がると、右手をレオンハルトへと差し出した。

その仕草が、レオンハルトの記憶にある一人の少女と重なった。

「……？　どうかした？」

呆然とするレオンハルトに、シャルが不思議そうに首を傾げた。

「いや……なんでもない。シャルが知り合いに似ててな。そいつのことを思い出してた」

「そんなに似てるの？」

「そうだな……その知り合いが成長したら、シャルになるかなってくらいだよ」

件の少女は、当時まだ十三歳だった。対してシャルは、明らかに三、四歳ほど年上だろう。そのため、完全に瓜二つ（うりふた）とは言い難かった。

それでもレオンハルトは、どうしてかシャルと少女を重ねてしまっていた。

（この世界に生まれて、もう十八年か……）

レオンハルトがこの世界で生を受けてから早十八年。

彼はそのほとんどの時間を、とある目的のために費やしていた。

「そういえば、レオくんはなんで旅をしてるの？」

「ああ、それは――」

シャルの手を握りながら、レオンハルトは思い返す。

今日に至るまで、一日だって忘れたことのない願いを。彼が魔導書を探し求める理由(わけ)を。

「探してるんだ。俺がいた、あの世界に帰る方法を」

刹那、一迅の風が吹く。

呟かれた言葉は吹き抜ける風に遮られ、シャルの耳に届くことはなかった。

† † †

川辺での出来事から数十分後、二人は並んで街道を歩いていた。

アスファルトなどで舗装されていない道には、うっすらと馬車の轍(わだち)が描かれている。

レオンハルトの足取りは確かなもので、そこに前世の弱々しい様子は見受けられない。

転生による恩恵なのか、今世の体は健康体そのものであった。

前世の病弱な体を懐かしみながら、レオンハルトはおもむろに自身の右手の甲を見る。

彼が目を向けた一瞬の間だけ、手の甲に紋章が浮かび上がった。

レオンハルトの唐突な行動に、隣を歩くシャルが不思議そうにする。

「どうかしたの？」

心地好い春風に髪を揺らして、シャルは隣を歩くレオンハルトに尋ねた。

「ふと思い出したんだ。神話に出てくる『魔王』は、右手の甲に紋章があったよなって」

「らしいね。たしか『天稟』の一つである《勇壮（ブレイヴ・コード）》の証、だったよね？」

「ああ。数ある『天稟』の中で、『魔王』だけが持っていた神殺しの『天稟』だな」

シャルに頷き返しながら、レオンハルトは心の中だけで付け加える。

（正確に言えば、特攻能力の『天稟』だけど）

かつて『魔王』と呼ばれた存在には、そう呼ばれるに足る力があった。

それこそが『天稟』――《勇壮》による神殺しの逸話だ。

今日に至るまで、神殺しを成したのはたった二人。

『天稟』を持つ者は過去に何人も生まれたが、《勇壮》を持っていたのは『魔王』のみ。

それゆえ、俗に〝魔王の証〟などと呼ばれている。

《勇壮》の『天稟』を持つレオンハルトは、この世界では第二の『魔王』に当たるのだ。

そこに本人の意思は関係ない。聖剣に選ばれた者が、勇者と呼ばれるのと同じこと。

「その『天稟』がどうかしたの？」

「なんでもない。急に思い出しただけだよ」

　レオンハルトは、はぐらかすように肩をすくめた。

　まさか、自分がその『天稟』を持っているなどと言えるわけもない。

　シャルは首を傾げながらも、「そっか」と相槌を打つだけで、それ以上の深追いはしない。

　代わりにと言うかのように、シャルは別のことをレオンハルトに訊く。

「レオくんはいつから旅をしてるの？」

「十二歳の頃からかな。生まれ育った村がなくなっちゃってな」

「あっ、ごめん……」

「いいよ、気にしなくて。もう六年も前のことだからな」

　レオンハルトが生まれたのは、片田舎の小さな村だった。

　村民は五十人程度。この世界では珍しくもない小さな村だ。

　最初の一年は歩くこともままならず、元いた世界に帰る方法を探す以前の問題だった。
　二、三年が経って、ようやく体が思い通りに動かせるようになる。それからレオンハルトは、元いた世界に帰る方法を探し始めた。
　といっても、成人していない子供の一人旅を村人が許すはずもない。最初は地道に細々と、書物などから手がかりを漁る程度しかできなかった。

　そうして、十二歳のときのこと。ある日、彼の生まれ育った村が滅んだ。

　帰る場所はなく、行く当てのないレオンハルトは旅に出ることにした。

「じゃあ、レオくんは六年間、ずっと旅を続けてるんだ？」

「ずっと、ではないな。たまに、城に戻らなくちゃいけないから」

「えっ、レオくん、お城に住んでるの？」

「まあ、一応な」

「レオくん、わたしと同じくらいに見えるけど、もしかしてずっと年上？」

「いや、十八歳だよ」

「あ、わたしの二つ上なんだね。けど、すごいなぁ。十八歳でお城に住んでるんだ」

『魔王』となって以来、レオンハルトは城に住んでいた。

というのも、彼と同じように禁忌を犯した者と暮らすためだ。

この世界にはやむを得ない理由で禁忌を犯す者が一定数いる。そういった者たちは住んでいた場所を追われる、あるいは自ら立ち去ることが多い。中には危険な存在として、王国から命を狙われる者もいる。

そういった者たちをレオンハルトが助けているうちに、ずいぶんな大所帯となってしまったのだ。

そこで、全員が暮らせる場所として、仲間たちが城を建てたのである。

帰る場所がなかったレオンハルトも、一緒に住まわせてもらっているのだ。

「どんな人がいるの？」

「そうだな……元気な吸血鬼の女の子や、しっかり者の妖精の女の子とかかな」

「……なんで女の子ばっかりなの？　ハーレムでも作るの？」

じとーっとしたシャルの視線がレオンハルトに突き刺さる。

「いや、あくまで例に挙げただけで他意はないぞ⁉」

「ふーん」

レオンハルトが慌てて否定するも、シャルは素っ気ない相槌を打つだけ。

シャルの態度にレオンハルトが困っていると、当のシャルが可笑(おか)しそうにくすくす笑う。

「冗談だよ。ちょっとからかってみただけ」

「……人が悪いぞ」

「ごめんごめん。誰かと話すのが久しぶりで、少し楽しくなっちゃったの」

そう言ったシャルは本当に楽しそうで、レオンハルトは毒気が抜かれてしまった。

二人がたわいない会話をしながら歩いていると、不意にレオンハルトが足を止める。

釣られるようにシャルも足を止め、レオンハルトが注視している前方へ目を向けた。

左右に広がる森を分かつように伸びる街道。それを塞ぐ、あるいは陣取るように座る、茶色い毛を生やした巨体があった。

「あれって、魔物だよね？」

「ああ。ジャイアントボアだな」

二人の位置からは後ろ姿しか見えないが、レオンハルトは断言した。

この世界の生物は、基本的に三種類に分けられる。

言わずと知れた人類。牛や鳥、昆虫といった動物。

そして、体内に魔力を持った魔物。

人類と同じように体内の魔力で身体能力を超化することができ、種族によっては強大な魔法を使う。

魔物は神話の時代に存在した神――魔性母神アモルヴィアが生み出した神造生物だ。

かつて、アモルヴィアは人類に対して〝自由への救済〟を謳っていた。人類側には終わらぬ戦いからの救済を求める者も多く、アモルヴィアには何百人もの信奉者がいたとされる。

しかし、掲げる〝自由への救済〟と魔物を生み出すという行いの矛盾から、彼女のもとに残る者はいなかったとされる。

天地に跳梁跋扈し、己の欲に従い、思うがままに生きる獣たち。それが魔物だ。

神話の時代は終わりを迎えたが、魔物は今日まで種を残して生存してきた。

その中の一種であるジャイアントボアは、背後にいるレオンハルトたちの気配に気付いて耳を揺らすと、巨体をその場でゆっくりと反転させる。

視界を覆うほどの巨体と厚い茶色の毛、空へ向けて伸びる凶悪な二本の牙、短足ながらも隆々とした四本の足。

通常の動物とは一線を画すその様は、まさしく魔物のそれだった。

レオンハルトたちを視界に収めたジャイアントボアは、二人をギラついた眼光で射抜く。

どうやら、二人を敵と認識したらしい。

元来、ジャイアントボアは縄張り意識が強く、凶暴な性格だ。

自身の縄張りに入ったものは、たとえ己より強い存在であっても挑み、生きるための餌にしようとする。

「どいてはくれない、みたいだね」

「だな。向こうはやる気満々だ」

ジャイアントボアは、全身の毛を逆立てる勢いで敵意を向けてくる。

「シャルは攻撃系の魔法が使えないんだったよな？」

「う、うん」

「なら、ここは俺に任せてくれ」

そう言って、一歩。レオンハルトは足を踏み出した。

直後、ジャイアントボアが駆けた。

砲弾もかくやという速度で、無防備なレオンハルトに巨体が迫る。

後に起こるのは、凶悪な二本の牙がレオンハルトを貫いた光景——の、はずだった。

ここに一般人がいたら、間違いなく幻視したであろう光景は。

ズンっ‼ という地響きと共に、地面へめり込んだジャイアントボアの姿に掻き消された。

「お、おぉ……」

間近で見ていたシャルの口から、驚きとも戸惑いとも取れる声が漏れる。

シャルの視線の先には、右の拳を突き出したレオンハルトと、彼の足下で伸びているジャイアントボアの姿があった。

レオンハルトがやったことは至極単純。突進してきたジャイアントボアの脳天を、上から叩いてやっただけだ。

「レオくん、すごいね。魔物を素手で斃しちゃうなんて……どんな魔法を使ったの？」

「いや、魔法は使ってないぞ？」

「えっ」

レオンハルトの返答に、シャルは目を見張る。

「じゃあ、魔力による身体能力の超化だけで？」

「そうだけど……別に、この程度の魔物相手なら普通だろ？」

「魔法を使わずに魔物を斃すなんて、普通は無理だよ。いくら身体能力が超化できるからって、魔物相手に魔法を使わないだなんて……レオくんは魔力量が桁違いなのかな？」

身体能力の超化度合は、魔力の量によって最大値が上下する。

魔力量が多い者ほど超化の最大値は高くなり、逆に魔力量が少ない者は超化の最大値も低くなる。

沈思し始めたシャルを脇目に、レオンハルトはジャイアントボアの横を通り抜ける。

「置いていくぞー？」

「あっ、待ってよー！」

先に行ってしまうレオンハルトの背中を、シャルは慌てて追い掛ける。

向かう先に広がるのは牧場と田畑、そのさらに奥で待ち構える大きな街の姿だった。

†　†　†

コンコルディア王国の東南東に位置する都市ミルヒ。

森を抜けた二人は、そこへとやって来た。

「うわぁ……！　すごい、こんな大きな街に来たのは初めてだよ！」

シャルは歓声を上げて、初めて見た街並みと大勢の人に興奮していた。

それはまるで、親に初めて遊園地へ連れてこられた子供のように。

シャルは重さなど感じさせぬ足取りでレオンハルトを置いて先に行ってしまう。

レオンハルトは子を見守る親の心境で、遠ざかっていく背中へ声を投げる。

「転ぶなよー？」

「わかってるーっ！」

元気よく返事はするものの、ちゃんと頭に入っているかは怪しいところだった。

（元気があるのはいいことだし、本人も楽しそうだからいいんだけど）

微笑ましく思いながらシャルの後を追う。

国によっても違うが、この世界で都市規模の街は多くない。

そんな中で、ここミルヒは特産品などもあってか、かなりの賑わいを見せている。

シャルが興奮するのも頷けることだった。

（改めて見ると、ほんとに日本とは違うな）

石畳の道に、木構造と組積造の建物が入り交じった街並み。そして、街全体を囲む幕壁。

雰囲気も、構造も、在り方も、日本とは目に映る景色がまったく異なる場所。

幼い頃に何度か訪れたことはあるし、一人で旅をするようになってからも幾度となく見た景色だ。

それでも、慣れ親しんだという感覚はあまり湧かなかった。

というのも、前世の記憶があるゆえに、異世界という認識が抜けないのである。

自分が足を止めてしまっていたことに気付き、レオンハルトは慌ててシャルの姿を探す。

シャルは大通りの露店に興味津々といった様子で、二人の距離は意外と開いていない。

（どうして俺は、異世界にいるんだろうな……）

なぜ、前世の記憶を保持したまま転生させられたのか。その理由がわからなかった。

「どうかした？」

気付けば、シャルがすぐ近くに戻ってきていた。

「なんでもない。そっちこそ、どうかしたのか？」

「これからどうするのかなーっていうのを訊きたかったの」

「まずは宿を押さえたいところだけど、シャルは先に質屋に行くんだよな？」

「そうだね。お金にしないと宿にも泊まれないし……そうなると、ここでお別れかな？」

「いや、せっかくだから付き合うよ。今日はこの街に泊まるんだろ？」

「う、うん。そのつもり」

わずかに驚いたような表情で、シャルはこくこくと頷く。

「なら、一緒に飯でも食べないか？　もちろん、シャルがよければだけど」

「わたしは全然構わないよ？　誰かと一緒に食べるほうが、ご飯も美味しいし」

「決まりだな。それじゃあ、まずは質屋を探すか」

言うや否や歩き出すレオンハルトに、シャルも並んで付いて行く。

「色々あるね」

「これだけ大きな街にもなればな」

街が大きくなれば、それだけ人も必然的に増える。

そうなれば他の街や村からも商売目的で人がやって来て、街はどんどん盛んになっていく。

「そういえば、もう昼か」

レオンハルトが思い出したように呟く。

すると、彼の隣から「くぅー」と可愛らしい音が聞こえた。

「えへへ、お腹空いちゃった」

シャルは恥ずかしそうに、頬を朱色に染めてお腹を押さえた。

「俺も腹が減ったし、なにかその辺りで食べるか？」

「でも、お金が……」

「心配しなくても、それくらい俺が払うよ」

「そ、それはさすがに悪いよ！」

シャルは申し訳なさそうに両手を振って拒む。

どうしたものかと悩んだレオンハルトは、自分の右手の人差し指を立てて、

「じゃあ、夕飯のときになにか一品奢ってくれ。これならいいだろ？」

「あ、えと……うん。それなら」

レオンハルトの妥協案に、シャルは曇らせていた表情を明るくした。

「なにか食べたいものはあるか？」

「ここで食べるの？」

「せっかくだからな。シャルがちゃんとしたところで食べたいなら、それでもいいけど」

「ううん、ここでいい」

そう言うと、シャルは近くの露店へと目を向ける。

「んとねー、あれかな？　でも、あれも美味しそうだなぁ。あっちもいいなぁ」

あちらこちらの露店に目移りするシャル。

その様子はお菓子選びに迷う子供のようで、これまた微笑ましい光景だった。

昼食をなににするかを考えながら歩いていると、レオンハルトは不意に視界に入った建物へと目を向けた。

「ここは……？」

建物は周りの店などよりも大きく、中からは賑やかな声が聞こえてくる。

いったい、なんの建物かとレオンハルトが思っていると――

「冒険者ギルドだよ」

レオンハルトの横に並び立ったシャルが、目の前の建物を見上げながら口にした。

「ほら、ギルドの紋章があるでしょ？」

「ああ、ここが冒険者ギルドだったのか……」

シャルが指差したところに目を向ければ、剣と盾をイメージしたような紋章が確かにあった。

冒険者ギルドがあるのは主に都市部だ。都市以外に冒険者ギルドがあるのは稀(まれ)であり、レオンハルトもギルドそのものを見るのは初めてだった。

「ずいぶんと賑わってるみたいだな」

「ギルドには色んな情報とかも集まりやすいからね。冒険者じゃない人も結構出入りしてるらしいよ」

「そうなのか？」

「うん。冒険者――特に魔物の討伐とかをしてる人は、依頼で色々な場所に行くから」

シャルが言ったように、冒険者ギルドには情報が集まりやすい。

それは方々へと飛び回る冒険者たちがいるからだ。彼らが行く先々で見たもの聞いたもの、商人やなにかを探している者たちが、それを求めてギルドへと集まってくる。

「情報が集まる場所、か……」

レオンハルトはなにかを検討するように、眼前の冒険者ギルドを見つめるのだった。

† † †

昼食を摂って質屋へ行った後、二人は宿屋を探して街を歩いていた。

そんな中、隣を歩くシャルが小さく溜息を吐く。

シャルはどんよりとした様子で肩を落としていた。昼食前とは打って変わって、その足取りは重い。

「そう落ち込むなよ」

「だってさぁ……」

レオンハルトの励ましに、シャルは悲しげな声で答えた。

「まあ、気落ちするのもわかるよ。まさか、遺跡で見つけた宝石が偽物だったとはなぁ」

シャルが遺跡で見つけたと言っていた換金できそうなもの。それは宝石だった。正確には、宝石の偽物だった。

当然、偽物を質屋に持っていったところで、換金してもらえるわけもなく。

シャルの残金が増えることはなかった。

「ごめんね。お昼のお返し、今夜は無理かも……」

「気にしなくていいよ。宿代も一晩くらいなら出してあげるから、そろそろ元気出せよ」

「えっ、さすがに宿代まで出してもらうのは悪いよ！」

シャルは遠慮するように両手を振る。

しかし、レオンハルトも放っておく気にはなれず——

「事情を知ってて、女の子を一人で野宿させられるわけないだろ」

「でも、レオくんに迷惑は掛けたくないよ……」

「ここで見捨てたら、俺の良心が痛むんだよ。俺のためだと思ってくれ」

「むぅ、その言い方はずるいなぁ」

シャルは口を小さなへの字にして、責めるような眼差しを向ける。

けれど、やがて諦めるように息を吐き——

「じゃあ、お言葉に甘えさせてもらうね」

「ああ。……っと、ここでいいか」

タイミングよく宿屋の看板を見つけ、レオンハルトは足を止めた。

ドアを開けて中に入ると正面に受付があり、そこには従業員であろう獣人の少女が立っていた。

「部屋を取ってくるから、シャルはここで待っててくれ」

「うん、わかった」

シャルには出入り口近くで待ってもらい、レオンハルトは受付で少女に声を掛ける。

「すみません、二部屋お願いしたいんですけど」

「あー、すみません。今空いてるのは、一部屋だけなんですー」

「えっと、それは一人しか泊まれないってことか？」

「いえいえ」

獣人の少女は両手をぶんぶんと振る。

「一部屋分のご料金で、お二人でお泊まりいただいて構いませんよ。ただ、元は一人用のお部屋でして……」

「つまり、ベッドが一つしかないと？」

「はい……」

少女は困ったような、申し訳なさそうな、そんな笑みを浮かべて眉尻を下げる。

「最近、この街には冒険者の方が多くなりまして。一人用は主に商人の方がご利用されて、冒険者の方々はパーティーでお部屋を取られるんです。そういった方々や、他の街から商売にやって来た方がお泊まりになるんです」

「そいつらが二人部屋を使ってるってことか」

「うちには一応、四人から六人で使えるお部屋もあるのですが、今はどれもいっぱいでして……。他の宿も似たような状況だと聞いていますから、恐らくどこに行っても同じように相部屋となってしまうかと」

「マジか……」

レオンハルトは思わず肩を落とす。

よもや、こんなことになっているとは夢にも思うまい。

レオンハルトがどうするか悩んでいると、彼の外套をシャルがくいくいと引っ張った。

「泊まれないの？」

少し離れたところにいたシャルは、二人の会話が上手く聞き取れていなかったらしい。

「いや、一応泊まることはできるみたいなんだが、相部屋になるみたいだ」

「……？　なにか問題があるの？」

「ベッドが一つしかない」

「詰めれば二人でも寝られるんじゃない？　そんなに小さいの？」

「い、いえっ！　うちでご用意させていただいているベッドは、比較的大きいものになります。ですから、お二人でも十分だとは思いますが……」

少女から返ってきた答えに、シャルは迷わず告げた。

「なら、そのお部屋でお願いします」

「いいのか？　俺が別の宿に行けば、なにも一部屋に二人で泊まる必要はないんだぞ？」

「わたしは気にしないよ？　それに、そうしたら余分に料金が掛かっちゃうでしょ？

あ、もしかしてレオくんがイヤだった？」

「いや、俺は別に……」

「じゃあ、いいよね。お部屋、お願いします」

「何泊、お泊まりになりますか？」

「とりあえず一泊――で、いいんだよね？」

「あ、ああ」

シャルがチラッと目を向けてきたので、レオンハルトは頷き返す。

「畏まりました。今、お部屋の鍵をお持ちしますね」

少女は受付の奥にある扉の中へ姿を消す。

（年頃の男女が同衾とかマズくないか？）

レオンハルトは受付の少女を見送りながらそう思った。

しかし、当のシャルに気にした様子がまったくないのである。

「お待たせいたしました。こちらがお客様のお部屋の鍵になります」

戻ってきた少女からシャルが鍵を受け取り、一泊分の料金をレオンハルトが支払う。

（かなり高かったな）

料金を受付の少女に渡し、レオンハルトはそう思った。

これまで泊まったことのある宿より、料金が倍ほどもしたのだ。

(それだけ利用する人が多いってことか)

需要と供給というのは、どこの世界でも変わらないらしい。

「それじゃあ、いこ」

「ああ」

二人は宿の階段を上り、三階の廊下を歩いて部屋へと向かう。

(シャルは気にしないって言ってたけど、やっぱり同じベッドで寝るのはなぁ)

いくら『魔王』と呼ばれていても、彼はまだ十八歳の健全な男だ。まだまだ青い衝動はある。

転生の際に記憶を引き継いだことで、多少精神的に老成した部分はあるが、身体面で言えば前世より健康なのだ。

つまり、シャルの隣で寝るというのは理性的にマズい。

(まあ、ソファーくらいあるだろうし、俺がそっちで寝ればいいか)

そんなことを考えながら部屋の前へ。

そしていざ、扉を開けて室内へと足を踏み入れれば——

ソファーなんてどこにもなかった。

あるのはベッドに、一組のテーブルと椅子だけだ。

(……マジか)

レオンハルトは思わず溜息を吐いた。

彼の横にいたシャルに聞こえた様子はなく、部屋の隅にトランクを置いてベッドへと飛び込んだ。

ベッドがシャルを迎え入れる瞬間、彼女のスカートがふわりと舞う。レオンハルトは薄ピンク色のパンツを垣間見たが、そっと視線を逸らして見なかったことに。

「うわぁ、ふかふかだぁ」

一方のシャルはベッドの柔らかさを満喫し、とても幸せそうに相好を崩していた。

(ほんと、無防備というか……)

レオンハルトの視線に気付いた様子もなく、シャルはベッドに体を預けている。

そのことにレオンハルトがまた溜息を吐いていると、シャルがなにかに気付いた様子で体を起こす。

「なんだか、外が騒がしいような……」

「外?」

シャルの言葉が気になり、レオンハルトは反対側にある窓のほうへと向かう。

窓ガラス越しに外を見ると、確かに慌ただしく人が走っていた。その中に剣や槍(やり)といった武器を持つ者もおり、見るからにただならぬ様子であった。

「どうしたのかな?」

「わからん。とりあえず、一階に行ってみよう」

「そうだね」

二人は部屋を出ると、急いで階段を下りて宿の一階へ。

するとそのとき、一人の男が宿屋の扉を勢いよく開けて入ってきた。

「た、大変だッ!」

駆け込んで来るや否や叫んだ男に、一階にいた誰もが視線を出入り口へと向けた。

男は肩で息をし、呼吸を整えることすら忘れて口をぱくぱくと動かす。

男の顔には焦燥と怯えが張り付いており、尋常ではないと誰もがすぐに理解した。

「西門の先にある森からっ、魔物の軍勢が街に向かってきてる!」

† † †

突如として現れた魔物の軍勢。

その知らせに、宿屋にいた冒険者たち全員が街の西門へ向かった。

事態を確かめるべく、レオンハルトとシャルもまた、西門へとやって来ていた。

「十、二十、三十……まだまだいるよ」

「軽く見積もっても五十は超えるな」

視線の先で群れを成す黒い影——その数に、シャルは表情を硬くする。

コボルト、ゴブリン、オーク、ケルベロス、マンティコア、サラマンダー。軍勢を構成する主な種族はこの六種。

魔物の数は見て取れるだけでも五十超に達している。

加えて、奥にある森からは未だに魔物が出てきていた。

（今のペースで行くと、百は簡単に届くな）

増え続ける魔物の数と速度を加味し、レオンハルトはそう結論づけた。

もっとも、それもあくまで少なく見積もっての話だ。

すでに街の衛兵で撃退できる限界値であり、手を打たなければ街への被害は免れない状況になっていた。

「皆さん、緊急の依頼です！　ギルドから、あの魔物の軍勢の討伐依頼です！」

息を切らして西門へやって来たのは、簡素な意匠ながらも清雅な制服を着た女性だ。

「あれは？」

「ギルドの受付嬢さんだよ。服に紋章もあるし」

レオンハルトの疑問に、シャルが受付嬢へ視線を向けながら答えた。

ギルドの受付嬢は、依頼内容と報酬の書かれた羊皮紙を冒険者たちに掲げて見せている。

受付嬢が忙しなく発する声に、冒険者たちは個々様々な反応を示す。

「報酬の額はいいな」

「けど、俺たちで勝てるのか？　あの軍勢に……」

「この街のためなら、命くらい賭けてやるさ。それが冒険者だろーが！」

「どっちにしろ、戦わなきゃ死ぬ。だったら、この街のために体張ろうじゃねぇの」

冒険者たちが武器を手に門へと向かう。

その横顔には恐怖が滲み、表情が強張っているのがわかる。気持ち、その足取りは重い。

決死の覚悟なのだ。今日、自分は死ぬかもしれない——彼らはそう思っているのだ。

そうこうしているうちにも、魔物の軍勢は田畑を荒らしながら街へ向かっている。

その事実が、より冒険者たちの心に恐怖を生む。

「でも、なんでいきなり襲ってきたんだろう？」

「確かにそうだな。まるで堰を切ったみたいに」

シャルが口にした疑問に、レオンハルトも同じ思いを抱く。

魔物は群れで行動する種こそいるが、入り交じって軍を成すのはとても稀だ。

軍勢で襲撃するにしても、今回のように直前まで誰も気付かないなんてことはない。

「それなんですけど……」

首を傾げる二人へ、近くまでやって来ていた受付嬢が困った表情で口を開いた。

「何ヵ月か前に、森のほうの街道にジャイアントボアが住み着いたんです。そのジャイアントボアが、元々いた魔物たちの食料を奪っていたみたいで」

「「あっ」」

レオンハルトとシャルの声が重なる。

ジャイアントボアは縄張り意識が強い。

気性から考えると、元々住んでいた魔物たちに圧力を掛けていたのだろう。

ジャイアントボアが森の食べ物を、そして街道を通る人間の持つ食料を奪っていった結果、森の魔物たちが食べ物にありつけなくなったのだ。

しかし、そのジャイアントボアは、レオンハルトが斃してしまった。

ジャイアントボアという蓋がなくなれば、腹を空かせた魔物たちが餌を求めて外に出るのは当然である。

レオンハルト自身が口にした〝堰を切ったみたい〟とは、まさしくそのものだったのだ。

「レオくん……」

「…………」

シャルに縋るような目を向けられながら、レオンハルトは冒険者たちのほうを見る。

彼らの顔は魔物の軍勢に立ち向かう恐怖に染まり、そんな彼らの様子に街の人々も不安そうな顔をしていた。

そんなとき、一人の冒険者の男が人混みを割って走ってきた。

「おい、どこに行くんだよ」

「は、放せッ！」

レオンハルトが冒険者の腕を掴むと、冒険者はひどく焦った表情で手を振り払う。

「逃げるんだよ！　あんな魔物の大群に勝てるわけねぇだろッ！」

冒険者が口にした言葉に、その場にいたほとんどの者が顔を下に向けた。

みんな、わかっているのだ。一介の冒険者では、束になっても敵う可能性が低いことを。

「オレは冒険者だ！　王国騎士と違って、街や人を守る義務なんかありゃあしねぇ！」

「だから見捨てるのか？」

「そうだよッ」

「……そうか、わかった」

言うと同時に、レオンハルトの纏う空気が一変する。

ただの少年から、他を退ける覇者の威風へと。

「冒険者が救わないなら、魔王がすべてを救ってやる」

そう告げたレオンハルトの空気に気圧され、冒険者の男はわずかにたじろいだ。

「なら、わたしも手伝うよ」

レオンハルトの宣言を聞き、シャルはどこか嬉しそうに言った。

「いいのか？」

「困ってる人を放ってはおけないからね」

「助かる。なら、街の守りを任せてもいいか？　一撃で片づけるつもりだけど、一応な」

「うん、わかった」

レオンハルトは外套を翻し、迫る魔物の軍勢へ足を向ける。

シャルは右手に《アリス・マギア》を喚び出し、レオンハルトの後を追う。

二人は門を抜け、街を守るように立つ。

レオンハルトが魔物たちの正面に、そこから少し後方にシャルが陣取る。

「ざっと見て、百三十ってところか」

魔物の軍勢はケルベロス、マンティコア、サラマンダーを最前列に、横に広がって進軍している。

敵の数とその範囲を確かめ、レオンハルトは一つの言霊を紡いだ。

「遍(あまね)く万象の輝きよ、我が呼び掛けに応え、その力をここに顕現せよ！」

右腕を空へと伸ばし、詠唱と共に超常の力を練り上げる。

詠唱。それは魔法という力を発現するための鍵。

自分という存在を世界に拡(ひろ)げ、世界に満ちる力の一端を我が物にする儀式だ。

熟練者は無詠唱で魔法を使えるが、持続力や効果が薄くなってしまうという欠点がある。

自分を中心にして地面に魔法陣が描かれると、掲げた右手を魔物の軍勢へと振り下ろす。

「光を以(もっ)て喰(く)らえ――〈燦然光牙(ヴァハト・グランツ)〉!!」

轟(ゴウ)ッ!!と大爆発が巻き起こった。

それは魔物たちの頭上にいくつもの光が瞬(またた)いた直後のことであり、魔物たちはわけもわからず爆炎にその身を焼かれる。

レオンハルトが使ったのは、第五位階の殲滅(せんめつ)魔法。

突然のことに魔物たちは為す術もなく、断末魔を響かせながら息絶えていく。

しかし、数体の魔物が今際(いまわ)の際(きわ)に一矢報いるべく、最期の力を振り絞って魔法を放つ。

口から吐き出される黒い炎。

その漆黒の火炎は一撃で剣や鎧(よろい)を燃やし尽くす威力があり、第三位階の防御魔法を習得している者でも、直撃すれば命を落とす危険な攻撃だった。

それらはレオンハルトの頭上を越え、その後ろの街へと向かって飛来する。

「シャル！」

「任せてっ！」

応じ、シャルは《アリス・マギア》の柄底を地面に突き立てる。

「願い求めるは破邪の盾、其(そ)は不屈にして不倒の守護者なり！」

紡がれる詠唱と共に、シャルの魔力によって超常の力が編み上げられる。

具現するは、他を守らんとする優しき祈り。

「顕現せよ――〈守護者の御楯(ガーディアンズ・プロテクション)〉!!」

シャルが力を解放すると同時に、輝く白銀の魔法陣がいくつも展開された。

魔法陣は迫る火炎の前に立ち塞がり、次々と襲い来る魔物の攻撃を退ける。

シャルが使用したのは、第五位階の防御魔法。

連続する攻撃にも揺らがない耐久力は、シャルが持つ実力の証しだろう。

魔法を繰り出した魔物は力を使い果たし、周囲の亡骸と同じく地面に倒れ伏す。

そこに広がるのは、脅威であった魔物の軍勢――それが呆気(あっけ)なく全滅した光景であった。

一瞬の沈黙を挟み、どっと歓声が沸き上がる。

「すげえ！　あの大群を一撃で全滅させちまいやがったぞ⁉」

「その後も、魔物の攻撃を全部防いでたわ！」

「何者かはわからねぇけど、あいつらはこの街の英雄だ！」

西門に集まっていた冒険者たち、街の住民たちが、次々と二人を称える声を上げる。

響き渡る賞賛の嵐に、レオンハルトは思わず苦笑する。

（英雄って……俺とは正反対の存在だよなぁ）

彼は『魔王』。英雄に討たれる側の者であり、英雄と呼ばれる存在ではない。

そのことに複雑な思いを抱きながら、レオンハルトはシャルと共に街へと戻る。

すると、これまで以上の歓声が二人を出迎えた。

「すっげえよ、あんたら！」「ぜひ、わたしたちとパーティーを組んでちょうだい！」「いやいや、うちと組んでくれ！」「あとで一杯奢らせてくれ！」

様々な声と大勢の人がレオンハルトたちを取り囲む。

四方八方から掛けられる言葉の嵐に、レオンハルトとシャルは気圧されていた。

そんな二人の前に、もみくちゃにされながら一人の女性がやって来る。

現れたのは、冒険者ギルドの受付嬢だった。

「あ、あのっ……！」

受付嬢は息も整わぬうちに、レオンハルトたちへと真剣な表情で詰め寄る。

「よろしければ、冒険者になっていただけませんか⁉」

「悪いけど、俺は――」

受付嬢の頼みを断ろうとしたところで、

(いや、ちょっと待てよ？)

レオンハルトはふと、シャルが言っていたことを思い出す。

〝ギルドには情報が集まりやすい〟ということを。

(魔導書を探すなら、冒険者ギルドに入るのも一つの手だな)

レオンハルトにとって、冒険者は〝なんでも屋〟程度の認識だった。そのため、魔導書を探すために冒険者になるという選択肢はなかったのだ。

しかし、シャルの話を聞いた今は、一ヵ所に腰を据えるのも一つの手だと思えてきた。

魔導書には二種類のタイプが存在する。

一つは、自分から読み手の前に現れるタイプの魔導書。

もう一つは、遺跡などにひっそりと置かれているタイプの魔導書だ。

どちらも同じ魔導書だが、まるで性格があるかのように異なる存在の仕方をしている。

レオンハルトが探しているのは後者であり、冒険者になって魔導書を探すのも悪くないと考え直した。

「俺は構わないけど……」

レオンハルトがシャルへ視線を向けると、受付嬢の視線もシャルへと移る。

二人の視線に気付き、シャルは困ったように、あるいは迷うように眉尻を下げた。

「えと、わたしは……」

「ぜひっ、お願いします！」

「は、はいっ」

受付嬢にずいっと迫られ、おまけに両手を握り締められたシャルは、勢いに気圧されるように返事をしてしまう。

「では、ギルドまでお越しください。冒険者登録の手続きをさせていただきますので」

満面の笑みを浮かべた受付嬢はそう言い残し、スキップでも始めそうなほどに軽い足取りで去って行く。

受付嬢の背中を見送り、レオンハルトはシャルへと尋ねる。

「よかったのか？」

「……うん。あそこまで真剣に頼まれたら、断れないよ」

「まあ、そうだよな」

受付嬢の迫力を思い出し、レオンハルトは苦笑した。

「それに、ね」

とん、とシャルは一歩前に出ると、後ろ手を組みながら空を見上げた。

「わたしのこんな力でも、誰かの役に立てばいいなって思ったの」

† † †

冒険者ギルド。そこは何人もの人間で賑わっていた。

巨大なコルク板の前で依頼を吟味する冒険者、テーブルで酒を酌み交わす者たち、慌ただしく働く給仕の女性などなど。

多種多様な者たちが行き交い、広いはずの室内を狭くしていた。

「はい、これで冒険者登録の手続きは終わりです」

レオンハルトとシャルがギルドの受付で手続きを終える。

すると、手に収まるほどの大きさの銅色のプレートを受付嬢から渡された。

「これは？」

「それは認識票です。冒険者としての身分証明書だと思ってください。冒険者でない方に依頼を斡旋（あっせん）するわけにはいきませんし、冒険者を騙（かた）って悪さをする人がいないとも限りませんからね」

レオンハルトの問いに、受付嬢は懇切丁寧に説明してくれる。

「このプレートの色は？」

「それは冒険者としての実力を表わすもので、プレートの色は上から金、銀、銅となります。実績に応じて昇級することも可能です。お二人はまだ冒険者ではなかったので、銅からなのが心苦しい限りです……」

受付嬢はとても申し訳なさそうにうなだれる。

レオンハルトたちの功績を考慮すれば、高ランクからスタートさせたかったのだろう。

「いや、いいよ。気にしないでくれ。それにしても……」

チラリ、とレオンハルトがギルド内へと目を向ける。

ギルドのそこかしこから、レオンハルトたちを英雄と賞賛する声が届く。

「……すごい盛り上がりだね」

あまりの騒ぎっぷりに、シャルが目を丸くする。

レオンハルトもまた、ギルド内の様子に戸惑いを覚えていた。

そんな二人を他所に、あちこちから「今度酒を飲もう！」「一緒に仕事へ行ってくれ！」などの声が浴びせられる。

「なんであんなに盛り上がってるんだ？」

自分たちが活躍したなら、この騒ぎようもわかる。

しかし今回、美味しいところはレオンハルトとシャルの二人が持っていってしまった。

他の冒険者からすれば、稼ぎを奪われたようなもののはずだ。

レオンハルトの疑問に答えたのは、同じように喧噪へと目を向けていた受付嬢だった。

「あの方たちはみんな、ずっとこの街で冒険者として活動してきた人たちなんです。みんな、この街が好きでここにいるので、街が無事であることが嬉しいんですよ」

受付嬢の言葉を裏付けるように、冒険者たちの顔には喜びだけがあった。

その表情だけで、この街がいかに愛されているのかがわかる。

「だから、さっきみたいなのは稀なんです」

受付嬢が言った〝さっきみたいなの〟とは、街を見捨てようとしていた冒険者のことだろう。

「皆さん、お二人には感謝していますよ。自分たちの代わりに街を救ってくれたって」

ギルド内で酒を酌み交わしている冒険者たちを見れば、それがよくわかる。

彼らの中には、レオンハルトたちに向けてジョッキを掲げている者もいるほどだ。

「新参者相手に、ずいぶん好意的なんだな」

「それはそうですよ。なにせお二人は、この街を救った英雄なんですから！」

受付嬢はレオンハルトとシャルに羨望の眼差しを向けながら言った。

「それじゃあ、俺たちはこれで」

「はい。今日は本当に、ありがとうございました」

報酬を受け取り、レオンハルトとシャルは身を翻して出入り口へ。途中、何人もの冒険者たちから手を振られた。

ギルドの外へ出ると、空がオレンジ色に染まり始めていた。

二人はどちらからともなく歩き出し、宿屋へと向かいながら街を見る。

飲食店は稼ぎ時と気合いを入れ、負けじと野菜や果物売りの露店が声を張り上げる。

あちらこちらに衛兵の姿が見える程度で、街はすでに普段の様相を取り戻していた。

それを見て、シャルが嬉しそうに目を細める。

「嬉しそうだな」

「そ、そうかな？」

「顔に出てるぞ」

「えへへ……。この光景を守れたんだなって思ったら、ちょっとね」

シャルはそう言うと、面映ゆそうに頬を赤らめた。

そのとき、店前を通りかかった二人に、果物売りの男店主が声を掛けてきた。

「おっ、そこの二人！　おまえたちなんだって？　魔物を倒してくれたっていうのは」

「は、はいっ」

少々強面の店主に訊かれ、シャルがびっくりした表情で頷く。

すると、店主は快活な笑みを浮かべた。

「そうかそうか、ありがとな。そうだ、これを持っていきな」

店主は枝編みの盛皿にリンゴを六つ載せると、有無を言わせぬ勢いでシャルに渡す。

「えっ、あの……」

「いいって、もらってくれ。これくらいしかできねぇが、感謝の気持ちだ」

「でも――」

「それなら、うちの野菜も持ってってとくれ」

「わたしのところのお菓子もどうぞ！」

「お兄さんたち、冒険者になったんだって？　なら、うちからは薬草ね」

シャルがなにかを言うよりも早く、店主とのやり取りを見ていた周りの店の人が集まる。

レオンハルトたちは次々と物を渡され、あっという間に両手が塞がってしまう。

「おまえたちがいてくれて、本当によかったよ。ありがとな」

「――、はいっ」

果物売りの店主から改めて感謝され、シャルは嬉しそうに顔をほころばせた。

† † †

シャルの視線の先には、湯船に浸かるレオンハルトの姿があった。

「…………………ふぇ？」

シャルが間の抜けた声を上げる。

レオンハルトがそちらに目を向ければ、そこには生まれたままの姿のシャルがいた。

「……ん？」

裸のシャルが、なぜか男湯に入ってきた。

場所は街の公衆浴場。なぜ、二人がここにいるのかというと、それは数十分前に遡る。

露店の店主たちから物をもらった帰り、浴場の店主である老婆が「しばらく貸し切りにするから入っていきな」と言ってくれたのだ。

レオンハルトとシャルはお言葉に甘え、荷物を置いてからお風呂を拝借することにした。

宿屋に戻った二人は、さっそく着替えなどの準備をした。その際にシャルが支度に手間取ってしまい、レオンハルトを先に向かわせたのである。

そして、一足先にレオンハルトが広い湯船を堪能していたところで、今に至る。

「ふむ……」

レオンハルトは至極冷静な顔で顎に手を当てる。

（シャルが男湯に入ってきたか、そうかそうか。…………いやなんでっ⁉）

冷静に見えるのは表面のみ。心中は混乱と困惑を極めに極めていた。

なにせ、ここは男湯。女性であるシャルがいるのはおかしい。そういった良識的な部分から来る混乱に加え、今のシャルは裸なのである。

シャルのへそから下腹部にかけては、彼女が手にしたタオルで遮られているものの、それ以外は普通に露出している。実った白い双丘とその頂に加え、すらりと伸びた脚などが晒されているのだ。

唐突にそんな姿を見せられれば、当然頭の中は真っ白になるだろう。

そして遅蒔きながら、裸を見られたことを理解したシャルの頬が朱色に染まっていく。

それを見ていたレオンハルトは咄嗟に叫んだ。

「待ってまだ悲鳴を上げないで！　ここで悲鳴を上げられたら俺が社会的に死ぬ！」

レオンハルトの制止に、シャルはなんとか本能を理性で抑え込む。

シャルは叫ぶのをぐっと堪え、前を隠すようにしてその場に蹲った。

「うぅ〜っ！」

耳まで真っ赤にしたシャルは、涙目でレオンハルトのことを見つめる。

その瞳は言外に「あっち向いてて」と言っていた。

レオンハルトはそれを察し、浴槽の中でシャルに背を向ける。

「な、なんでレオくんがいるの？」

「それはこっちのセリフだ。なんでシャルが男湯に来てるんだよ」

「え、わたしは女湯に入ったはずだけど……」

「俺もちゃんと男湯に入ったぞ？」

レオンハルトは確かに男湯の暖簾を潜った。そう断言できる。

それはシャルも同じであり、さすがに男湯と女湯の文字を見間違えることはしない。

「もしかして、おばあちゃんが暖簾を掛け間違えた？」

「そんなベタな」

「そ、そうだけどっ。おばあちゃん、わたしが来たとき寝てたし……」

「と、とりあえずシャルが女湯に行けばここは解決するだろ？」

「う、うん、そうだね。なんか、ごめんね。あと、できれば忘れて……」

「善処する」

レオンハルトはそう言ったが、内心では難しそうだなぁと思っていた。

女湯へ行くためにシャルが立ち上がろうとした、そのとき——

コンコンコンと、脱衣所の扉がノックされる。

少し間を挟んでから、浴場の店主である老婆の声が届く。

「すまないねぇ、ちょっと入らせてもらうよ」

「………ッッ!?」

レオンハルトは思わず後ろを振り向き、シャルも自身の背後へ顔を向けた。

「どどどうしよう……⁉」

「お、落ち着け！　どこかに隠れろ！」

「どこかってどこ⁉」

シャルが言ったように、この大浴場に隠れられるような場所はない。

「仕方ない、俺の後ろに隠れろ！」

「え、えぇっ⁉」

シャルは思わず驚愕の声を上げたが、やがて羞恥心を振り払って湯船の中へ。

レオンハルトが扉のほうに体を向け、その背後にシャルが背中合わせの形で隠れる。

返事がないのをいいことに、老婆は脱衣所へと入ってきて浴室の扉を開けた。

老婆はわずかな隙間から顔だけを出して、レオンハルトに尋ねる。

「ちょっと訊きたいんだけど、一緒にいたお嬢ちゃんが来なかったかい？」

レオンハルトの背後で、シャルが肩をびくぅッ、と震わせた。

「いやぁ、知らないですね」

「そうかい？　それならいいんだ。うっかり暖簾を掛け間違えちまってねぇ。年は取りたくないもんだよ」

「ははは……」

「悪いね、邪魔しちゃって。ゆっくりしていっておくれ」

老婆はそう言って、パタン、と扉を閉じる。

脱衣所から人の気配がなくなったところで、二人は同時に安堵の息を吐いた。

「いやー、緊張したなぁ」

「ほんとにね。バレなくてよかったぁ……」

シャルは肩の力を抜くと、自分が今更になってお湯の熱を感じていることを自覚する。

「さすがに、今出るのはマズいよね」

「だろうな。まだ、すぐそこにいるかもしれないし」

「じゃあ、しばらくこのまま、レオくんと一緒にお風呂に入ってないとダメってこと？」

「そうなる、かな。お互い必要もないのに見られたくはないだろ？」

「まあ、うん……」

シャルが小さく頷き返すと、それ以降は二人とも無言になってしまう。

ぴちゃん――と。静寂の中に、天井の水滴が湯船に落ちた音が響く。

（き、気まずい！）

レオンハルトは無言に耐えかねて、なにか話題を探す。

すると、シャルが先に声を掛けた。

「……そういえば、レオくんはなんで冒険者になったの？」

「わ、話題！　なにか話してないと恥ずかしいもん……」

レオンハルトも会話は大歓迎なのだが、まさかそこを話題に出されるとは思わなかった。

「………」

「あれ……？　なんかマズいこと訊いちゃった？」

「あー、まあ」

「ごめんね、言いづらいことなら無理に言わなくても――」

「いや、シャルになら話してもいいかな」

出会って間もない相手だが、シャルの人となりはわかってきていた。

だからレオンハルトは、シャルになら自分のことを打ち明けてもいいと思っていた。

なにより――

(シャルがあいつに似てるからかな、聞いてほしいとすら思ってる)

レオンハルトのこの世界での活動は、すべてシャルに似た少女に起因しているから。

あるいは、自分自身への慰めだったのか。

レオンハルト自身、心の内にある感情を言葉にするのは難しかった。

「他の人には秘密にしてくれるか？」

「う、うん……わかった」

レオンハルトの前置きに、シャルの声がわずかに硬くなる。

「俺は魔導書を探してるんだ。そのために冒険者になった」

「魔導書を？　それじゃあ、レオくんは……」

「禁忌を犯した不届き者だよ。さらに言えば――」

一拍の間を置いて、レオンハルトは自分が何者なのかを打ち明けた。

「俺は『魔王』なんだ」

「――」

反応は、わずかに息を呑む音。

背後を見られないレオンハルトにそれ以上はわからず、沈黙が数秒間にわたって続いた。

(さすがに怖がられたか……)

神話の時代の『魔王』は災厄の象徴にして絶対悪。

別人ながらも同等の存在ともなれば、恐怖されても仕方のないことだ。

しかしレオンハルトの予想とは裏腹に、返ってきたのはとてもあっさりとした声だった。

「そっか。レオくん、あの『魔王』なんだ」

「……意外と驚かないんだな？」

「驚いてはいるよ？　でも、怖いとか、そういうのは全然ないの」

「そうなのか？」

「うん。だって、今日のレオくん見てたら、悪い人じゃないのはよくわかるもん」

シャルの声音は、心からレオンハルトを信じていると言わんばかりに温かいものだった。

「けど、どうして魔導書を？」

「俺は、元いた世界へ帰る方法を探してるんだ」

ぴちゃん——と、天井の水滴が湯船に落ちて、波紋を拡げた。

「元いた、世界？」

「ああ。俺はその世界で一度死んで、この世界で新たな生を得たんだ」

「え、ちょっ、ちょっと待って！　それって、レオくんは前世の記憶があるってこと⁉」

「そうなるな」

「な、なんで……？　普通、そんなこと……ううん、それ以前に、転生なんて本当にあるの？」

「嘘（うそ）を吐いても仕方ないだろ」

レオンハルトも驚かれることは予想していたが、ここまで疑われると思わず苦笑いしてしまう。

「じゃあ、ほんとに？」

「証明する方法はないけど、俺は転生を確実に果たしてる。俺を転生させた女神様の計らいなのか、前世の記憶を持った状態でな」

レオンハルトにも、どうして前世の記憶があるのかはわかっていない。

それこそ、女神が意図したことなのか、偶発的なある種のバグなのかどうかすらも。

「にわかには信じられないけど、レオくんが嘘吐いても得なんてないもんね」

「まあ、転生うんぬんの話は今はいいさ。話を戻すと、俺は元いた世界へ帰る方法を見つけるために、魔導書を探してるんだ。そういう魔法があるかもしれないからな」

「でも、戻れるの？　だって、一度は死んじゃったってことでしょ？」

シャルの疑問は当然だった。

すでに死んでいるということは、戻る戻れない以前の話として、肉体がないはずだ。

ゆえに、すでに不可逆のはず。

だが、レオンハルトはなんてことはないといった風に笑う。

「それでも、なにもしないよりはマシだろ？　俺がいた世界には、魔法なんていうものはなかったからな。超常の力なら、シャルが言ったようなこともひっくり返せるかもしれない。なにせ、先天性である『天稟』……その一つである《勇壮》を、俺は魔導書からもらったくらいだからな」

『天稟』は先天的に獲得する異能であり、後天的に身につけることはできない。本来ならば。

しかし、魔導書はそれを可能とした。それゆえに、不可能を覆す術もあるかもしれない。

あくまで可能性の話だが、結果がどうなるかは箱を開けるまでわからない。

だからこそ、試す価値があるとレオンハルトは思っている。

「……レオくんはそこまでして、元いた世界に帰りたいの？」

「ああ、帰りたいな」

「どうして？　この世界がイヤだったの？」

どこか恐る恐るといった様子で、シャルはレオンハルトに尋ねていた。

「そういうわけじゃないさ。文明レベルはあっちに比べれば低いけど、城のみんなや、シャルと出会えたこの世界を俺は好きだよ」

「なら、なんで？」

「簡単なことさ」

レオンハルトがなぜ、元いた世界に固執するのか。

それは、至極単純な理由だった。

「あの世界に遺してきた、たった一つの未練を晴らしたいんだ」

彼が、かつての人生でやり遂げられなかったこと。

それを果たすため、彼は元いた世界への回帰を望んでいる。

「未練かぁ……でも、そういうのは誰だって遺しちゃうものじゃない？」

「かもしれない。だけど、これだけはどうしてもやり遂げたいんだ」

「そんなに大事なことだったの？」

「どうだろうな……俺にとってはすごく大事だけど、他の人にとってはさしてこだわることじゃないと思う」

未練など、所詮はそういうものだろう。

赤の他人に共感されなくとも、未練を残した本人にとっては大事なことだったのだ。

「レオくんの未練がなにか、訊いてもいい？」

「大したことじゃないよ。ただ一言、伝えたいことがあったんだ」

レオンハルトの未練は、本当にたったそれだけのことだった。

それだけのことが、彼にはなによりも大切だったのだ。

その言葉を伝えなければ、死んでも死にきれないと思うほどに。

「俺はあいつに……〝ありがとう〟の一言を、言いたかったんだ」

伝えそびれてしまった感謝の言葉。

本人に恩を返すことができなくても、せめて感謝の気持ちくらいは言いたかった。

そうした想いが、レオンハルトの原動力となっていたのである。

「……そっか。叶(かな)えられるといいね」

「ああ」

それ以降、レオンハルトとシャルは言葉を交わそうとはしなかった。

代わりに、二人は湯船の中で手を触れ合わせた。

それだけで、不思議と相手の想いが伝わってくる気がしたから。

第二章　少女の願い

一人の小さな少女が、とても幸せそうに笑っていた。

とある小さな村の、小さな家の中で。

決して裕福とは言えない環境で、それでも彼女は笑っていた。

それは無理に笑っているというわけではなく、事実として少女は幸せだったのだ。

心優しい父と母に恵まれ、同じ村に住む者たちからも可愛がられ、少女は幸せのただ中にいた。

他の誰がなんと言おうと、彼女にとってはそれが幸福だった。

家に大金があるわけでも、村がまぶしいほどに豪奢（ごうしゃ）なわけでもない。

しかしそんなことは、少女にとって関係なかった。

順風満帆とは程遠くても、そこには確かな幸せというものが詰まっていたから。

自分はとっても幸せなのだと、迷うことなく口にすることができた。

この幸せがずっと続くのだと、疑うことなく声に出すことができた。

だからこそ――

これは夢だと、彼女は自覚した。

なぜなら今見ている光景は、あまりにも懐かしくて……温かいものだったから。

そして同時に、その先にある結末を彼女自身が知っていたから。

景色は一転し、気付けばそこは炎に包まれていた。

時間帯は夜。村は魔物の襲撃により混乱を極め、悲鳴と怒号が飛び交っている。

この世界ではよくあることであり、村や小さな町が襲われることは珍しくない。

そんなありふれたことで、ずっと続くと信じていた少女の幸せは蹂躙された。

果敢にも戦った父は魔物の凶刃に斃れ、愛娘を庇った母は静かに息を引き取った。

なんてことはない。この世界では、よくある光景の一つだ。

魔物と戦う父が死ぬのも、我が子を庇って母が死ぬのも、残された子供が涙を流すのも。

全部、すべて、なにもかも、よくある光景だ。

しかし、彼女にはそれが許せなかった。

よくあることだからなんだ。

ありふれているから、珍しくないから、涙を流して受け入れろと？

認められるわけがない。

だから、少女は力を欲した。

たとえそれが、世の理に背く行為だったとしても。

たとえそれが、孤独へと続く坂道だったとしても。

自分の始まりを思い出しながら、シャルはゆっくりと目を覚ます。

「…………」

シャルがわずかに瞼を持ち上げると、目の前にはレオンハルトの寝顔があった。

場所は宿屋の部屋にあるベッド。地平線の向こうから微かに顔を覗かせた太陽の光で、部屋は淡く照らされていた。

（魔王、か）

レオンハルトの寝顔を眺め、シャルは昨日の出来事を思い出す。

（全然、そんな風には見えないなぁ）

子供のような寝顔を見せるレオンハルトに、世界で恐れられる『魔王』の風格はない。

けれど、その実力の一端は、シャル自身がその目で見て知っている。

（レオくんは、わたしと同じ……）

レオンハルトの寝顔を見つめながら、シャルは再び微睡みへと身を委ねるのだった。

† † †

朝、目を覚ましたレオンハルトは、シャルと共に宿屋の一階に朝食を摂りに来ていた。

宿屋の一階は酒場になっており、そこで食事ができるのである。

酒場には二人と同じように朝食を摂りに来た者、すでに朝食を終えてこれからどうするかと相談する冒険者で賑わっていた。

壁際の席に二人が座ると、目聡く給仕の少女が注文を尋ねてくる。

手早く注文を済ませると、ものの数分で「おっ待たせしましたぁー♪」という少女の明るい声が耳朶を打つ。

二人が朝食として頼んだのは『朝の定番メニュー』というもの。

テーブルに置かれたのはコーンポタージュ、採れたての野菜を使ったサラダ、こんがりと焼かれたロールパン、目玉焼きとフランクフルトだ。

シャルは「いただきます」と言ってナイフとフォークを手にする。

レオンハルトも倣うように、一言「いただきます」と言ってから朝食を口にした。

それからしばらくして、

「あ、今日はどうするの？　依頼、受ける？」

シャルはナイフで目玉焼きを切りながら尋ねる。

「そのつもりではある」

冒険者になったのは魔導書の情報収集や、魔導書がありそうな場所の目星をつけるためなのだから当然だ。

「シャルはなにかしたいか？」

「んー」

シャルは手を止めて、少しだけ考える素振りを見せる。

「せっかくだから、この街を見て回りたいかな」

「あぁ、それもいいな」

この街で冒険者として腰を据えるのだ。街のどこになにがあるのかを把握しておいて損はない。

「ごちそうさまでした、と」

シャルはナイフとフォークを置き、残っていたコーンポタージュを飲み干した。

ちょうどレオンハルトも朝食を食べ終わり、シャルと同じように「ごちそうさま」と言って立ち上がる。

「とりあえず、ギルドで依頼を見てから考えるか」

「そうだね」

二人が席を離れようとしたとき、

「へーいかー♪」

弾むような明るい声が響くと同時に、レオンハルトの足下——その影から、一人の女の子が飛び出してきた。

女の子はレオンハルトの首に腕を回し、背後から抱きつくように体をくっつけてくる。

年の頃は十歳くらいだろうか。輝く金色の長髪をツーサイドアップに結い、フリルの多い赤いドレスのような衣服を着ている。背中には、コウモリめいた黒い翼が広がっていた。

シャルは突然のことに「えっ？　えっ⁉」と混乱し、辺りにいた宿泊客たちも何事かと目を向けてくる。

そんな中、女の子は嬉しそうな笑みを浮かべてレオンハルトに頬ずりする。

「久しぶりなのだー♪」

「ちょ、ミアっ、離れろっ」

「いいではないか、ミアはずっと会いたかったのだぞ？」

「気持ちは嬉しいが、場所を考えてだなっ」

こんな人目の多いところで抱きつかれては、あらぬ誤解を招きかねない。

しかし、ミアに離れる気配はなかった。

「というか、ミア一人か？」

「ん？　違うぞ？」

ミアがそう言うと、見計らっていたかのように――

「ミア、あまり困らせてはいけませんよ」

新たに、一人の少女が颯爽と現れる。軍服に似た意匠の白いコートと青色のスカートを纏い、長い空色の髪をポニーテールにまとめている。腰には一振りの剣を佩いていた。

その少女も、レオンハルトの知る人物であった。

「シルヴィア⁉ なんで、おまえがここに？」

「それよりも、へーか。久しぶりに会ったミアたちに、なにか言うことはないのかー？」

「え？ あ、ああ……二人とも、久し、ぶ……り？」

レオンハルトの言葉尻が弱くなったのは、彼の目の前にいるシルヴィアが理由だった。

シルヴィアは笑みを浮かべていたが、全身から怒気が滲み出ていたのだ。

「ええ、本当に。お・ひ・さ・し・ぶ・り・で・す・ね！」

ビキビキと、笑顔のまま怒気を放つシルヴィアはとても怖かった。

† † †

「レオくんと一緒にお城に住んでる人たち？」

そう言って首を傾げたのは、すべての事情を聞かされたシャルだ。

場所はレオンハルトたちが泊まっている宿の部屋。

ベッドの上にはミアが寝っ転がり、部屋にあった椅子にはシャルが座っている。レオンハルトは壁に背中を預け、シルヴィアは扉付近に立っていた。

　他人に聞かれるのはマズい話になるだろうと思ったレオンハルトは、部外者の耳がないこの部屋に場所を移したのだ。

　そこでシャルが聞いたのが、シルヴィアとミアの二人が禁忌を犯した者たちであり、城で一緒に暮らしているということだった。

「そういえば、昨日そんなこと言ってたね。それじゃあ、えっと、その娘も……？」

　シャルが目を向けたのは、部屋のベッドでゴロゴロしていたミアだ。

　自身に集まる視線に気付いたミアだったが、シャルがなにを言いたいのかまではわからず、小首を傾げている。

「ミア、自己紹介を」

「ん？　おぉ！　そういえば、してなかったな！」

　シルヴィアに促され、ミアはベッドの上で仁王立ちをする。それから左手を腰に、右手を胸に当ててぺったんこな胸を張る。

「はじめましてだな！　ミアはミアだぞ！　ミア・ローゼンツヴァァイ！　吸血鬼の頂に立つ『絶対なる夜天の吸血姫』だ！」

　声高らかに、不遜な態度ながらも愛らしく名乗ったミア。

　彼女の態度にやれやれといった表情で、

「では、私も改めて」

咳払いを一つして、シルヴィアもシャルに自己紹介をする。

「シルヴィア・メクレンブルク、種族は妖精です。お好きにお呼びください」

「あ、ミアはミアでいいぞ！」

ぴょんぴょん飛び跳ねながら主張するミアに、シャルは微笑みながら首肯する。

「シャルロット・ストラウスです。わたしも、シャルって呼んでね」

三人が自己紹介を終えて一段落したところで、レオンハルトは話を戻す。

「それで、なんで二人がこの街にいるんだ？」

先ほどから訊きたかったことを、レオンハルトはシルヴィアへと尋ねた。

すると、シルヴィアがまたも笑顔で怒気を放ち始める。

「どうしてかと問われれば、それは魔王様が理由ですよ？」

「お、俺……？」

シルヴィアが自分に怒っているのはわかっていたが、レオンハルトは怒られている理由に見当が付かなかった。

「わからないのですか？」

「は、はい……」

さらに増すシルヴィアの怒気に、レオンハルトは縮こまる。

やがてシルヴィアは小さく溜息を吐くと、彼女が怒っている理由を説明した。

「魔王様は三ヵ月も城を留守にされているのですよ？　仮にも城の主が、その城を放り出されては困ります」

レオンハルトにそのつもりはないのだが、シルヴィアやミアたちの中では城の主はレオンハルトということになっている。

「いやでも、別に俺がいなくても大丈夫だろ？」

「ええ、確かにそうですね。あの城は魔王様のものではありますが、私たちの家でもありますから、すべてを魔王様に押し付けるのは違うと思います」

「なら――」

「で・す・が」

レオンハルトの声を、シルヴィアは間髪を容れずに遮った。

これだけは言わなければならないといった様子に、レオンハルトはわずかに身構えた。

「三ヵ月も音沙汰がないと、いくら魔王様が強いとわかっていても、心配になります」

シルヴィアの言葉に、レオンハルトははっとなる。

「……悪い。気遣いができてなかったな」

「わかっていただければ、構いません」

シルヴィアが自分を魔王様と呼び、慕ってくれているのはレオンハルトもわかっている。

　そんな彼女だからこそ、信じていても心配になるのだ。

　レオンハルトはそれを失念していた。

「つまり、シルヴィアさんとミアちゃんは、レオくんが心配だからこの街に来たの？」

「ええ、その通りです」

「けど、よく俺がこの街にいるってわかったな」

「魔王様の行方は、一ヵ月ほど前から追っていましたから。それで昨日、魔物の大群を一撃で斃した人がいると小耳に挟み、もしやと」

「なるほど。だから、俺がこの街にいることがわかったのか」

　話が広まっているなら、街を行く人間の一人か二人に訊けばいいだけだ。そうすれば、レオンハルトたちの行方もすぐにわかるだろう。

「シルヴィアたちは、これからどうするんだ？」

「魔王様こそ、これからどうするおつもりなのですか？」

「俺はこの街で、しばらく冒険者として活動するつもりだ」

「元いた世界に戻るため、ですか？」

「ああ、そうだ」

「城へお戻りになる気はないのですね……」

嘆息混じりに呟き、それからシルヴィアは色を正す。

「では、私とミアもこの街で冒険者になります」

シルヴィアが口にしたことに、レオンハルトは少しばかり困惑した。

「なんでまた急に？」

シルヴィアたちの目的はレオンハルトの無事を確認することだ。

それが済んだ今、冒険者になってまでこの街に留まる理由はない。

もっとも、それはレオンハルトから見た場合の話だ。

シルヴィアには、留まるに足る理由があった。

「主を放ってはおけません。それに、心配になるくらいなら、私たち自身が魔王様のお傍にいればいい、と思いましたので」

「……俺のお目付役みたいだな」

「ご安心を。魔王様が歩む道の邪魔はいたしません」

シルヴィアはそう言うと、まっすぐレオンハルトを見つめた。

「もとより、私たちは付き従う身。魔王様のお傍に侍ることこそ、喜びなのです」

忠誠を誓う騎士のような言葉は、同時に、恋慕を寄せる乙女のようでもあった。

シルヴィアの想いは行きすぎている気もするが、レオンハルトにその想いを無下にすることはできなかった。

「……わかったよ、好きにしろ」

「ありがとうございます」

シルヴィアが柔らかい笑みを浮かべて礼を言うと、これまで静観していたミアが口を開く。

「よくわからないけど、へーかと一緒にいられるのか？」

「ええ、そうですよ」

「おぉ！　それは嬉しいぞ！」

年相応に見える無邪気な喜びように、自然とレオンハルトたちの口元が緩む。

「宿はもう取ったのか？」

「はい。あとは、ギルドのほうで冒険者登録を済ませるだけです」

「準備がいいな」

「元々、魔王様を捜すのが目的でしたから。長期になってもいいように、と」

「なるほど」

シルヴィアは様々な可能性を考慮して動く性格だ。

本人の意図した形とは違うだろうが、これも備えあれば、ということだろう。

「そういえば、この呼び方も直さないといけませんね」

ふと気付いたように、シルヴィアは自分の口に指先を当てる。

「あ、そっか。シルヴィアさん、レオくんの呼び方が〝魔王様〟だもんね」

シルヴィアはレオンハルトのことを〝魔王様〟と呼ぶが、さすがにこれからもその呼び方をするわけにはいかない。

『魔王』の存在が露見すれば、この街にいられなくなる可能性が高いからだ。

「へーかのこと、へーかと呼べないのか？」

「できればそうしたほうがいいけど、ミアの呼び方なら平気かもな」

変な誤解を受けそうではあるが、シルヴィアよりは誤魔化せるだろう。

なにより、ミアの場合はすでに酒場で呼んでしまっている。今から呼び方を変えても、意味があるかは微妙なところだ。

「私はなんとお呼びすればいいでしょうか？」

「好きに呼んでくれていいぞ。レオンでも、シャルみたいにレオでも」

「そうですね……」

わずかに考える素振りを見せて、シルヴィアは決心したように口を開く。

「では、レオン様とお呼びします」

「〝様〟をつけるのは譲れないんだね」

「当然です。レオン様は私たちの主ですから」

シャルの指摘に、シルヴィアは根っからの忠誠心を示した。

「それでは改めて……レオン様、シャルさん、これからよろしくお願いいたします」

† † †

「わっ、すごい人の数……」

ギルドへやって来て、シャルが驚いた声を上げた。

昨日もギルドに来てはいたが、今ほどの人数ではなかったのだ。

ギルド内は依頼をこなしに行く前の冒険者たちと、ギルドに依頼を持ってきた者たちで溢(あふ)れている。

冒険者ギルドは主に都市に分類される街にしかない。ギルドに寄せられる依頼は近隣のものが主だが、中には遠い場所から依頼にくる者もいるのだ。

そのため、こうして冒険者ギルドには人が集まりやすかった。

そんな人混みを縫うようにして、レオンハルトたちは依頼書が張られるコルク板の前に行く。

コルク板にはいくつもの依頼書が張り出されていた。

魔物の討伐、遺跡の調査、盗賊の捕縛、採取系の手伝い、物資の運送。

困ったらとりあえず冒険者ギルドに依頼を出しておけ、と言わんばかりに多種多様で凄まじい量だった。

中でも多いのが、やはり魔物の討伐依頼だ。

いかに人類が魔力で身体能力を超化できるとはいえ、それができるようになるには練習が必要になる。

加え、相手は魔物だ。第一位階や第二位階の魔法では斃せないような種も少なくない。

魔物によって町や村が襲われ、そのまま全滅するといった事例も珍しくない。

そんなコルク板を見つめる二人は今、わずかに緊張した表情を浮かべていた。

というのも――

「レ、レオくん。なんか……すごく視線が集まってる気がするんだけど」

「ああ、俺もそう思う。というか、間違いなく集まってるな」

囁(ささや)くような声量で言葉を交わす二人の背後。そこには、彼らを遠巻きに凝視する冒険者たちがいた。

注目が集まるのも当然だった。魔物の大群をたった二人で退け、街を危機的状況から守った英雄だ。そんな二人が冒険者となり、いったいどんな依頼を受けるのかと、同業者は興味津々なのだ。

　加え、辺りでは「あれが街を救った英雄か」「男のほうはちっこい女の子にへーかって呼ばれてたらしいぞ」「陛下？　どっかの国の王子様かなにかかよ？」などといった声がヒソヒソと。

（さっそくミアの件でも噂になってるな……）

　もっとも、それも仕方がないことではある。

　ただでさえ、レオンハルトたちは昨日の一件で注目を集めていた。そこに新しく噂の種が撒かれれば、瞬く間に話題となるのは当然だ。

「まあ、気にするな。さすがに、いきなりケンカを売られるようなことはないだろうし」

「だ、だよね……」

　シャルはどこか不安そうにしながらも、依頼書へと視線を戻した。

　それからポツリ、と。

「困ってる人って、こんなに多いんだね……」

　コルク板を眺めていたシャルは、どこか悲痛そうな面持ちで呟いた。

「どれにするの？」

「遺跡の探索とかだな。受けるならそれがいい」

　遺跡は神話の時代の建造物であり、未だ未踏破の場所が数多い。そういった場所に魔導書がある可能性が高いのだ。

　すると、シャルは小さく「あっ」と声をこぼす。

　彼女の視線は、コルク板のある一点に向けられていた。

　レオンハルトがその視線を追うと、一枚の依頼書が目に留まる。

　コルク板の下方。隅のほうに張られていることもあり、きっと多くの冒険者から見向きもされなかったであろう依頼書。

　その依頼書を、シャルは心配そうな……けれど、どこか怯（おび）えるような表情で見つめていた。

　レオンハルトは依頼書に書かれていることを読み上げる。

「グローア村に出現する魔物の討伐依頼……知ってる村なのか？」

　レオンハルトが尋ねると、シャルは少しだけ迷うような素振りをみせた後――

「……わたしが生まれ育った村だよ」

「なら――」

　レオンハルトがなにか言うよりも早く、シャルは首を横に振った。

「いいの。心配ではあるけど、ちょっと顔を合わせづらいから」

　そう言って、シャルが笑みを浮かべる。

　しかしその笑みは、無理に笑おうとしているのが容易にわかるものだった。

「じゃあ、行きたくないのか？」

「それは……」

シャルは困ったように眉尻を下げる。

それからシャルは、上目遣いでレオンハルトを責めるように見つめた。

「レオくんの訊き方は卑怯だと思う……」

「その言い方から察するに、やっぱり放っておけないんだろ？」

「それは……そうだけど」

「だったら、行くべきだよ。後悔してからじゃ、遅いからな」

「むぅ」

シャルは口を小さなへの字にする。

なにか言いたそうにしながらも、結局は言い返せないようだった。

シャルは、レオンハルトが〝未練〟という後悔から魔導書を探しているのを知っている。

だから、レオンハルトの言葉に含まれている感情を読み取ることができた。

「そうだね……うん、レオくんの言うとおりだよ」

小さく息を吐いて、シャルは決意したようにレオンハルトへと向き直る。

「わたし、この依頼を受けるよ。レオくんも手伝ってくれる？」

「もちろんだ」

シャルが生まれ育った村が危ないなら、レオンハルトとしても放ってはおけない。

レオンハルトが二つ返事で頷くと、冒険者登録を終えたシルヴィアとミアがタイミングよくやって来る。

「依頼は決まりましたか？」

「ああ。この依頼にする」

レオンハルトが示した依頼書にシルヴィアが目を通す。

依頼内容を読み終えたシルヴィアは、レオンハルトに問うような眼差しを向けた。

けれど、それも一瞬のこと。

主が決めたことに口を挟むつもりはない。そう言わんばかりに、シルヴィアはすっと表情を戻した。

「グローア村ですか。この街からだと、馬車で一日半は掛かりますね」

「なら、今すぐにでも出発したほうがいいな」

太陽はすでに高く昇っている。今から出立しなければ、村に着くのは明日の夜になってしまうだろう。

すると、シャルがおずおずといった様子で口を開く。

「えと、わたしはちょっと買いたいものが……」

「じゃあ、俺とシャルは後から行く。シルヴィアたちは先に行って、馬車の手配をしておいてくれ」

「わかりました。行きますよ、ミア」

「おー！」

シルヴィアはミアを連れてギルドの出入り口へ。

二人の背中を見送り、レオンハルトとシャルは受付に依頼書を持って行く。

「すみません、この依頼を受けたいんですけど」

「あ、はい。こちらの依頼ですね」

レオンハルトが受付に行くと、彼らの冒険者登録をした受付嬢が書類から顔を上げる。

受付嬢は依頼書を受け取り、書類にすらすらとペンを走らせた。

「確認できました。魔物の種類が不明となっていますので、気を付けてくださいね。最近はどこも魔物の動きが活発で、思ってもみなかった魔物と遭遇したといった報告もありますから」

「そうなんですか？」

レオンハルトには初耳だった。

受付嬢は真剣な面持ちになると、わずかに声を潜めて言った。

「ええ。王国騎士も手を焼いているようで、シャドー・ドラゴンの討伐中、マンティコアに邪魔されて討ち損じたと聞きました」

魔物による被害は、小型と中型の魔物によるものが多い。

しかし受付嬢の話によると、最近は大型の魔物による被害が相次いでいるようだ。

「おまけに、最近は『アルカナム』にも不穏な動きがあるらしいので。少し前にも、どこかの街の神殿が襲撃されたらしいです。幸い、死者は出なかったみたいですけど」

『アルカナム』というのは邪宗教のことだ。簡単に言えば、この世界でのテロリスト集団。

明確な目的は不明だが、様々な破壊工作や神殿、教会への襲撃を行っている。

一部では、国家転覆を目論んでいるとも言われるほど過激なテロ組織だ。

「とにかく、くれぐれも気を付けてくださいね」

念を押す受付嬢だったが、すぐに「お二人なら心配ないですね」と笑みを浮かべた。

そんな雑談を挟み、依頼受諾の手続きを終える。

ギルドを出たところで、レオンハルトはシャルへと尋ねた。

「それで、シャルはなにが買いたいんだ？」

「ローブを一着ね」

「ローブ？」

「わたし、なにも言わずに村を出たから。村のみんなと顔を合わせづらいの」

「ああ、そういうことか」

レオンハルトは納得して、シャルと共に服屋へと足を向けた。

† † †

いくつもの星が煌めき、雲に覆われることなく輝く月が浮かぶ夜空。

そんな夜空の下、レオンハルトたちは漠々と広がる野原で焚き火を囲んでいた。

彼らが座っている大きめの石や丸太は、近くに転がっていたのを拝借したものだ。

四人がいるような野原は、多くの冒険者や旅人が野宿をするのに利用する。その際にどこからか、石や丸太といったものを持ってきては放置していく。

そのため、少し探せば座れそうなものはいくらでも転がっている。

基本的にこの世界では、森で野宿をしたり夜を明かすといったことはしない。森は魔物の群生地になっている場所もあり、安全性に欠けるという理由があるからだ。

対して野原は、魔物が住処にするような場所はない。遮蔽物がなく、視界が開けている点も警戒するのにはちょうどいい。

そういった理由があり、レオンハルトたちはこの野原を野宿の場所に選んだ。

四人が囲む焚き火。その火の上には小さな鍋が吊されており、中にあるオニオンスープをシルヴィアがお玉でゆっくりと混ぜる。

「もう十分でしょうか」

スープの温かさを確かめるように、シルヴィアは立ち上る湯気に手を伸ばす。

それから小さく頷くと、脇に用意されていたお椀にスープを注ぐ。

琥珀色の液体が焚き火の光を反射しながら、お玉からお椀へと流れ落ちていく。スープの具には、レオンハルトとシャルが街の人たちからもらった野菜などが使われていた。

全員にスープが行き渡ったところで、誰とはなしに「いただきます」と声が出る。

各々がスープを木製のスプーンで掬うと、

「あったかくて、おいしい」

スープを嚥下したシャルが、ほっと一息吐くように言った。

次いで、スープを一気に飲み干したミアが、

「おかわり！」

「はいはい、慌てなくてもスープは逃げませんよ」

シルヴィアはミアからお椀を受け取り、小鍋に残っているスープを注いでミアへと返す。

「シルヴィアの料理は何度か食べたことがあるけど、やっぱり優しい味だな」

「あ、わたしもそう思った」

「そうですか？」

レオンハルトとシャルの言葉に、シルヴィアはどこか面映ゆそうに微笑する。

「うむっ！　シルヴィのごはんはすっごくおいしいのだぞ！」

と、なぜかミアが自慢気に胸を張る。

シルヴィアはそんな光景に目を細めながら、脇の袋からパンを取り出して串に刺す。人数分のパンに串を通し、焚き火で炙るように火の周囲へと並べていく。

お椀にお玉、串といった道具は、すべてシルヴィアが馬車を手配する際に用意したものだ。

レオンハルトは馬車の手配しか頼んでいない。しかし、こういった諸々の準備も済ませてしまうところが、シルヴィアの優秀さと性格を如実に表わしていた。

程好く温まったパンを、シルヴィアがシャルへと渡す。

その際、シルヴィアがふと思い出したようにシャルに尋ねた。

「そういえば、シャルさんはどんな魔法を使うのですか？」

「そっか、シルヴィアさんとミアちゃんには言ってなかったね。わたしが使えるのは、防御系と支援系の魔法だけなの」

「防御系と支援系だけ、ですか？」

「うん。だから戦いになると、わたしは攻撃に回れないの。ごめんね」

「気にしないでください。それに、シャルさんのそれは誇っていいことだと思いますよ」

「そう、かな？」

「ええ。使える魔法の系統は、その人の願いが反映されているとも言われていますから」

「願いが反映されている？」

シャルが問い返すと、シルヴィアは小さく首肯した。

「使える魔法の種類はその人の願いを、そして祈りの純度を表わしているとされています」

「そんな説があるんだ？　わたし、知らなかったよ」

シルヴィアが口にした説は、レオンハルトも初耳だった。

「じゃあ、シャルの願いは……」

「恐らく、なにかを守りたい、誰かを助けたいといった願いが、根底にあるのではないでしょうか」

「そういえば……」

思い当たる節があるのか、シャルは納得したような声をこぼす。

「ん？　その理屈だと、攻撃系の魔法しか使えない俺は、なにかを壊したいってことにならないか？」

「無礼を承知で言わせていただけば、そう外れたものではないかと」

怪訝(けげん)そうな表情を作るレオンハルトに、シルヴィアはその理由を述べる。

「レオン様は常にご自身の目的へと進み続けています。進むということは必然、障害が立ち塞がることになる。そういった壁を打ち破ってでも、自分の望みを果たしたい。違いますか？」

「まあ、言われてみれば……」

レオンハルトの大願は、かつていた世界に戻ること。

それは誰もが不可能と思うようなことであり、レオンハルト自身も無理難題であることは重々承知している。

そのうえで、彼はただ進むことを選んだ。どれだけの困難が待ち受けていようとも、必ず成し遂げてみせると決意して。

そう考えれば、レオンハルトが攻撃系の魔法しか使えないのは納得だった。

シルヴィアの説が本当だったとしたら、すべては彼の根底にある決意と願望に起因しているのだから。

即ち――運命の破却。

思い返してみれば、レオンハルトは前世でも似たような決意をしていた。

運命なんかに屈しない。

そう決意して、彼は世界へと挑んだのだ。

そして今世でも、レオンハルトは挑んでいる。

彼の性格やことの経緯を鑑みれば、攻撃系の魔法しか使えないことは、もはや必然にすら思えた。


馬車で眠っていたレオンハルトは、不意に目が覚めた。

座った体勢で寝ていたためか、わずかに体が凝ったように感じる。

この狭い馬車では、さすがに四人全員が横になれるスペースはない。仕方ないので、レオンハルトたちは座った体勢で眠ることにしたのだ。

レオンハルトが顔を持ち上げると、向かい側にはシルヴィアとミアの姿がある。

毛布にくるまった二人は、頭を預け合うようにして眠っていた。

まるで姉妹のような光景を微笑ましく思いながら、レオンハルトは自分の右側へと目をやる。

そこには誰かがいたかのように、毛布が三日月を描いて無造作に置かれていた。

レオンハルトの隣ではシャルが眠っていたはずなのだが、今ここに彼女の姿は見当たらない。

行方が気になって外を見ると、馬車から少し離れたところにシャルはいた。

彼女は微動だにせず、ただ静かに星が瞬く無窮の夜空を見上げている。

レオンハルトは隣に落ちていた毛布を手に、シルヴィアとミアを起こさないように馬車を出た。

それからシャルの傍へと近寄り、彼女の体にそっと毛布を被せた。

「天体観測はいいけど、毛布くらい羽織れよ。風邪ひくぞ」

「あ、レオくん」

声を掛けられて、シャルはようやくレオンハルトに気付く。

「ごめんね、起こしちゃったかな?」

「いや、たまたま目が覚めただけだよ。眠れないのか?」

「うん……村に戻るのが久しぶりで、ちょっと緊張してるのかも」

「そういえば、シャルはどれくらい村に帰ってないんだ?」

「んー、もう二年になるのかなぁ」

顎に人差し指を当てて、シャルは思い出すように言った。

「手紙を書いたりはしなかったのか?」

「なにも言わずに出ちゃったからね。それに、どこかの町に長居したこともなかったから」

シャルは「あはは……」と、困ったような苦笑を浮かべた。

(つまり、二年間音沙汰なしで、村の人からしてみれば失踪か。そりゃあ、顔を合わせづ

らいよな)

シャルが村に帰ることを躊躇うのも納得だった。

「シャルの村ってどんなところなんだ?」

「わたしの村? これといって、なにか特別なものはないよ。ただの農村」

懐かしむように、どこかへ思いを馳せるように、シャルは夜空を見上げる。

穏やかに吹き抜ける夜風が二人の髪の毛を揺らし、肌を撫でては颯爽と去って行く。

「ねえ、レオくん」

「なんだ?」

「レオくんは自分が『魔王』になったとき、どんな気持ちだったの?」

「どうしたんだ、藪から棒に」

「ちょっと聞いてみたかったの」

シャルは夜空を見上げたまま、レオンハルトへと問いを重ねる。

「怖くはなかった? 自分が手に入れた力の強大さが」

「…………」

シャルの真意はわからなかったが、レオンハルトはひとまず、自分が『魔王』になったときのことを思い出してみた。

レオンハルトが『魔王』となった日——即ち、《勇　壮》の『天稟』を得た日のこと。

彼は当時、十四歳だった。日々成長していく力に喜び、しかし同時に、自分の大願には遅々として近づけないことに歯嚙みしていた。

元々、強大な力が欲しくて禁忌を犯したわけではない。レオンハルトが『魔王』となったのは、言ってしまえばただの副産物に過ぎなかった。

「怖くはなかったかな。特別、万能感を覚えたりもしなかったけどさ。それに、俺は《勇壮》を自分の意思で使えたことがないんだ」

「……そっか」

「そういうシャルはどうなんだ？」

「わたしは…………怖かった、かな」

シャルは自嘲するように、わずかに目を細める。

「強い魔法が欲しい、護りたいものを護れる力が欲しい。それは、わたし自身が望んだことで、求めたもので……でも、使い方を間違えたらと思ったら、急に怖くなった」

例えば、包丁。野菜などを切るにはとても便利で、しかし少し使い方を間違えれば自分を、あるいは他人を傷つけてしまう危険なものだ。

シャルが抱いた恐怖心は、言ってしまえばこれと同じものだろう。

力とは、使う者によってその在り方を変えるものだ。力そのものに善悪の物差しはなく、ただそこに在るだけだ。

「シャルはもう少し、自分を信じてあげたほうがいいな」

「自分を……？」

「シルヴィアが言ってただろ。シャルの魔法は守りたい、助けたいっていう願いが反映されてるって。シャルには思い当たる節があったんだろ？　なら、大丈夫だよ」

「……レオくんが言うなら、信じてみようかな」

力を怖がるということは、裏を返せば危険を理解できているということ。

自分が持つ力の恐怖を、危険を、痛みをシャルはわかっている。

なぜなら、それらは他者への思いやりがあって初めて生まれるものだから。

「なあ、シャルはなんで村を出たんだ？」

それは、ずっと気になっていたこと。

自分の力に周りを巻き込むことを恐れたというのは納得できる。

なにも言わずに飛び出してしまったのだから、顔を会わせづらいというのもわかる。

しかし、顔を隠すほどのこととは、どうしても思えなかったのだ。

「…………」

「やっぱり、言いたくないか？」

無言のシャルに尋ねると、彼女はゆっくり首を横に振る。

「ううん。わたしも、言わなきゃって思ってたことだから」

シャルは体の向きを変え、レオンハルトをまっすぐ見つめて言った。

「わたしは――『魔女』なの」

『魔女』――それは『魔王』と並ぶ神話の巨悪。

かつて『魔女』は『魔王』と共に、大虐殺による地獄を生み出したとされる。

この世界では、恐怖の象徴とも言うべき絶対悪の片割れだ。

同時に、それはもう一つのことを意味していた。

「それじゃあ、シャルも禁忌を犯したのか」

「うん……」

小さく頷いたシャルは、自身の左手の甲をレオンハルトに見せる。

すると、一瞬だけ手の甲に紋章が浮かび上がった。

『魔王』と同じように、『魔女』にも象徴する『天稟』がある。

名を――《祈禱（アリス・コード）》。

その能力は、昇華。既存の魔法を神業の領域へと変える力だ。

シャルの左手の紋章は、その証に他ならなかった。

「レオくんと同じで、まだ自分の意思で使えないんだけどね」

「それが村を出た本当の理由なのか？」

「理由の一因、かな」

夜風になびく髪の毛を押さえながら、シャルは懐かしむような口調で語り出す。

「わたしがいた村には、剣士や術士なんていなかった。そのせいで、魔物や天災の被害がある度に誰かが傷ついて、倒れて、ひどいときは死んじゃう人もいたの。わたしは、それがイヤだった」

それは、よくある類の話なのだろう。

村が滅ぶ。人が死ぬ。この世界ではさして珍しくもなく、探せばどこにでもあることだ。

「でも、それなら普通に……それこそ、術士になればよかったんじゃないのか？　わざわざ禁忌を犯さなくても……」

「神様っていじわるでね、欲しい力を必ずくれるわけじゃないの。くれるときもあれば、くれないときもある。すごく気まぐれなんだよ」

「だから、禁忌を？」

「それが一番だと思ったからね」

禁忌を犯せば、後ろ指を差されることくらいわかっていたはずだ。

世間から忌み嫌われ、迫害される可能性を背負うことになる。

それでも、シャルは進んだ。並大抵の意志や覚悟ではない。

「わたしが力を付けることで、村のみんなは喜んでくれた。わたしもそれが嬉しかったし、それで十分だった」

シャルは当時のことを思い出しているのか、声はわずかに昂揚を帯びていた。

だが、ふっと声から明るさが抜ける。

「だけどいつしか、気付けばわたしは『魔女』になってた。それからかな、村のみんなに怯えた目を向けられるようになったのは」

「それが嫌で村を？」

「ううん、違うよ。わたしはみんなの恐怖を払いたくて、村を出たの」

つまり、シャルは恐怖の対象である自分が村を去ることで、村人たちの心の安寧を取り戻そうとしたのだ。

「『魔女』と呼ばれるようになっても、シャルに後悔はないのか？」

「うん」

レオンハルトの問いに、シャルは迷うことなく頷いた。

「たとえ『魔女』と罵られても、わたしは誰かのための道を歩みたい」

力強く答えたシャルの瞳は曇りなく、まっすぐで底知れない意志を感じさせたのだった。

† † †

在りし日——梅雨が明けて、季節が夏へと移ろいゆく日のこと。

いつものように、少女は少年の病室を訪れていた。

「暑い……」

ベッドに備え付けられたテーブルに上半身を乗せ、少女は窓から差し込む光に辟易(へきえき)とした声で言った。

「カーテンを閉めればいいだろ」

「イヤ!」

「なんでだよ……」

「暑いのはイヤだけど、太陽の光は好きなのっ」

ぷくぅーっ、と少女は頬を膨らませる。

少女の様子に溜息を吐きながらも、少年にも言わんとすることはわかった。

「それに、日光浴は大事だよ?」

「だからって、なにも暑いのを我慢する必要はないだろ」

「それはそうだけどっ」

わかってないなぁ、と言わんばかりに少女は唇を尖らせた。

少女は倒していた上体を持ち上げ、両肘をついて掌に顎を乗せる。

「わたし、太陽が好きー」

「暑くてもか？」

「うん」

少女はニコニコと笑みを浮かべ、子供のように両足をぷらぷらさせる。

「そりゃあ、夏は暑いけどさ。太陽があると安心しない？」

「…………」

「ん？　なあに？」

少年にじっと見つめられ、少女が不思議そうに首を傾げた。

「いや、なんでもない」

少年はかぶりを振って、少女の言葉に納得を示す。

「太陽があると安心するっていうのは、なんとなく……わかる」

「おっ、類友類友ー♪」

少年の言葉に、少女は嬉しそうに笑う。

太陽——少年にとってそれは、目の前にいる少女の存在そのものだった。

自分を優しく照らし、日常というぬくもりを与えてくれたのは、彼女に他ならないから。

いつか、その恩に報いたいと思ったのだ。

† † †

太陽はすでに頂を通り過ぎ、空がオレンジ色に染まり始めた夕方。

レオンハルトたちは馬車をグローア村へと走らせていた。

「太陽、か」

「太陽がどうかした？」

対面に座るシャルが、レオンハルトの呟きを耳聡く拾う。

「少し、昔のことを思い出しただけだよ」

「昔のこと？」

「太陽が好きだって話をしたことがあったのを、なんとなく思い出したんだ」

「そっか。わたしも、太陽は好きだよ」

シャルが夕日に目を向け、レオンハルトも釣られて外を見た。

ガタンッ、と馬車がやや大きく揺れる。するとシャルの膝を枕にしていたミアが眉間に皺（しわ）を寄せた。

それに気付いたシャルは、なだめるような笑みでミアの頭を優しく撫でる。

馬車の車輪は木製なこともあり、地面からの影響を受けやすい。

道も舗装されているわけではないため、少しの凹凸でも馬車には振動が伝わる。

自動車と比べてしまうと、どうしても乗り心地はよくなかった。

そんな彼らに救いをもたらすように、馬の手綱を握っていたシルヴィアが口を開く。

「見えてきましたよ」

声に釣られて進行方向に目をやると、田畑に囲まれた小さな村が見えた。

時間が時間なだけあって、さすがに畑で作業をしている者はいない。代わりに数頭の牛を小屋へと戻す牛飼いの姿があった。

「ミアちゃん、着いたよ」

「うむぅ？」

シャルにほっぺをつつかれ、ミアが上半身を起こす。

体の自由を取り戻したシャルは、脇に置いておいたローブに手を伸ばす。そのままローブを羽織ると、フードを目深に被って顔を隠した。

「それ、前見えてるか？」

「あ、足下と、その先くらいは……」

レオンハルトが心配になって尋ねると、シャルも少し不安げな声で答えた。

二人がそんなやり取りをしている間に、馬車は村の入口へと到着する。

入口で馬車を止めて、四人は村に降り立つ。

「なんだか静かだぞ」

「………………」

村を見回したミアの言葉に、シャルは無言ながらも案じるような気配を滲ませる。

村にはぽつぽつと人影が散見できるが、皆一様に元気がないように見えた。

村全体に満ちる空気もまた、どこか悲愴感がある。

レオンハルトたちが入口で手持ちぶさたに立っていると、それに気付いた一人の妙齢の女性が歩み寄ってきた。

「冒険者の方でしょうか？」

「ええ、依頼を受けて来ました」

レオンハルトは答えると共に、昨日もらった認識票を提示する。

それを見た女性は、安堵するように笑みを浮かべた。

「そうでしたか。この度は依頼を引き受けてくださり、ありがとうございます」

女性は感謝を述べると、シルヴィア、レオンハルト、ミアと順に目を移し、不意にシャルでその動きを止める。

「………………」

「……？　なにか？」

「あっ、いえ……」

レオンハルトが尋ねると、女性はなんでもないといった風に首を振る。

「私はマヤ。この村の村長の娘です。みなさんは、私が接待させていただきます」

「俺はレオンハルト・ヘルブストです。それで、村での被害状況は？」

「一週間ほど前から、連続して牛が忽然といなくなりました。一夜ごとに一頭ずつ」

「脱走しただけってことは？」

レオンハルトが確認を取ると、マヤはゆっくりと首を横に振った。

「柵はどこも壊れていませんでしたし、一頭いなくなった翌日、他の牛たちが怯えたように震えているんです。今朝もそうでした」

「いなくなるのは毎回、夜中に？」

「はい。それで見張りを立たせたこともあるのですが、翌朝気を失っていまして」

「畑のほうに被害は？」

「いえ、畑にはこれといった被害はありませんね」

「畑に被害がない？　牛小屋に血痕とかはありませんでしたか？」

「え？　ええ、なかったはずですけど」

「………」

レオンハルトは得られた情報を元に黙考する。

マヤの言葉が真実であれば、まさしく神隠しのような状態だ。

果たして、そんなことができる魔物がいるだろうか。

レオンハルトは思案するように唸り声を上げると、隣のシルヴィアへと声を掛ける。

「どう見る？」

「そうですね……最初はゴブリンあたりの仕業かと思っていましたが、どうも違うようですね」

「ああ、ゴブリン程度に牛がひどく怯えるのはおかしいからな」

ゴブリンは小さな体躯で、さしたる筋力もない最弱の魔物だ。

悪知恵こそ働くが、魔物の中では魔法などが一切使えない種である。そんな魔物が一匹二匹で牛を攫うなど、まずもって不可能だ。

仮に圧倒的な数で牛を奪いに来たのだとしても、足跡の一つや二つは必ず残る。

さらに言えば、見張りが悲鳴一つ上げられなかった点からも、ゴブリンである可能性は低い。

「けど、そうなると厄介だな」

「できることが限られますからね」

敵の正体が摑めているか否かは、対策を練るうえでとても重要になってくる。

一口に夜行性の魔物と言っても、その種族は数多く存在する。種族がわからないということは、遭遇した際に採る手段を決めることができないということ。

対応を誤れば、そのまま死に直結することだってある。

手練れの冒険者がいながら、夜襲によって村が滅んだ話は枚挙に暇がない。

とはいえ、いつまでも悩んでいたって得られるものはない。

「ひとまず、村と村周辺を探ろう」

相手が必ず夜に来るのであれば、今日はまだ少しばかり猶予がある。

その間に、できる限りのことを済ませるべきだろう。

「シルヴィアとミアは村の中を、俺とシャ——おまえは村周辺の確認でいいか？」

「ええ、異存ありません」

「うむっ！　任せておくがいいぞ！」

シルヴィアとミアが返事をすると、

「…………」

シャルも黙したまま、こくんと頷いてみせた。

「それじゃあ、各自散開」

グローア村の北側には雑木林がある。
レオンハルトは今、その雑木林の中を歩いていた。
村の周辺で魔物がいそうな場所を探していたら、この雑木林へと行き着いたのである。
鬱蒼と生い茂る木々が、ただでさえ少なくなっている陽光を遮る。
夕日がわずかばかり木漏れ日となって差し込むが、下手に暗いよりも不気味であった。
足場も折れた枝や雑草で歩きづらく、一歩進むことすら一苦労な状態だ。
辺りを警戒しながら進んでいると、レオンハルトの耳になにかの音が届く。
草木の揺れる音ではない。なにかの鳴き声だ。
魔物であることを警戒して音のほうに近づくと、大きな泉がある開けた場所に出た。
そこには——
「にゃー」
パンチを繰り出している猫の姿と、
「にゃあー♪」
猫のパンチを誘うように両手を動かし、猫の鳴きマネをするシャルの姿があった。
シャルはフードを脱いでおり、楽しそうな笑みを浮かべている。
猫は前足でパンチを放っては着地し、また猫パンチを放っては着地を繰り返す。
その際、猫がレオンハルトのいるほうへ着地した。

「にゃあにゃあー♪」

シャルも猫を追うように体の向きを変える。

シャルは楽しそうに猫の鳴き声をマネしながら、両手で猫の手を作って本格的に猫のマネを始めた。

しかし不意に、

「にゃぁ？」

なにかに気付いたように、シャルが動きを止めて顔を上げた。

そして、レオンハルトとシャルの目が合う。

「……………………」

「……………………」

沈黙。予期していなかった状況に、互いにどう動けばいいのかわからなかったのだ。

けれど、体は動かずとも頭は状況を理解する。

「～～～～～～～～～～～～～～～っっっ⁉」

シャルは羞恥に顔を真っ赤にして、声にならない悲鳴を上げた。

すると、あたふたと空中で手を泳がせ、目を白黒させながら言い訳を捲し立てる。

「ちちちちち違うのっ、これは別に猫のマネをしてたとか年甲斐もなく猫言葉を話していたとかそういうわけじゃなくて、ただ単に魔物がいるならこの雑木林が怪しいなと思って来たらたまたま偶然猫がいてちょっとじゃれてただけでっ‼」

「いや、まだなにも言ってないけど……」

「――――っっ⁉」

シャルはまたも声にならない悲鳴を上げると、その場に蹲って両手で顔を隠した。

「見られた……見られたよぉ……」

「猫とじゃれるくらい、別に気にすることないと思うぞ？」

「ただ撫でてるだけならね……」

シャルがどんな顔をしているかはわからなかったが、とりあえず耳が真っ赤になっていることだけはわかった。

レオンハルトは雑木林を抜け、シャルと猫がいるところまで行く。

「シャルもここに来てたんだな」

「うん……もし魔物がいるなら、ここかなって思ったから」

村を初めて訪れたレオンハルトより、生まれ育ったシャルのほうが土地勘はある。

レオンハルトよりも早く、この雑木林に目を付けたのも当然だ。

もっとも、それがシャルの意外な一面を目撃することに繋がったのだが。

「うぅ……」

「そんなに気に病むなよ。俺は別に気にしないから」

「わたしが気にするよぉ……」

　手で顔を隠したまま、シャルは首を横に振る。

　しかしやがて、諦めたような溜息と共に顔から手を離した。

「そうだよね、レオくんが来たっておかしくなかったんだよね……」

　迂闊だったと言わんばかりに、シャルは自分が油断していたことを嘆く。

　そんな彼女の足に、猫がすりすりと体を寄せる。

「ずいぶん懐かれてるな」

「ああ、うん。この猫とは、村を出る前からたまに遊んでたからね」

「つまりそのときから、さっきみたいに猫のマネをしてじゃれてたわけか」

「………………」

　シャルはすっと目を逸らした。どうやら、図星だったらしい。

　頬を朱色に染め、口を小さなへの字にしながら責めるような目を向ける。

「レオくん、意外といじわるだよね」

「そうか？」

「そうだよ。もうっ」

　頬をぷくぅっと膨らませたかと思うと、シャルはそのままぷいっとそっぽを向く。

　それから数瞬の間を置いて、

講談社ラノベ文
2023.5
ラノベ文庫
通信
kodansha
新
異世界で生き抜くための
ブラッドスキル
講談社ラノベ文庫＆
Kラノベブックス
2023年5月の新刊
大好評発売中!!
2023年5月新刊は
5月2日頃発売!
生きる。
物語はまだ始まったばかりだから——
修学旅行中に飛行機事故に遭い、気がつくと見知らぬ世界にいた高校生のアキラ。クラスメイトとさまよい歩き見つけた街で知る。この世界は吸血鬼の血統に連なるものが人を庇護し守り、人間はその食事——血液を提供し生き延びているということ。そして、外からやってきた人間はすぐに病に倒れ死んでしまうことを。血を受け入れ吸血鬼となるべきか迷うアキラは、忘れられない人と再会する。盲目ながらも強く生き抜き——そして事故で亡くなってしまったはずの少女・阿夜と。彼女もまた、血統を受け入れ吸血鬼としてこの世界で生き抜いていた！ 生と死の狭間で、生きるという意志は何よりも強く——！ 新人賞受賞のサバイバルファンタジー、開幕！
イラスト・上
定価：770円（税込）

「なろう」は株式会社ヒナプロジェクトの登録商標です。

講談社新刊・新製品情報（ラノベ文庫通信）No.138　2023年5月　発行：講談社　編集：講談社ラノベ文庫編集部　2023年5月2日発行

 〒112-8001 東京都文京区音羽2-12-21

「……ありがとね」

小さな声で感謝の言葉を口にした。

「俺、なにかお礼を言われるようなことしたっけ？」

「魔導書を探すために冒険者になったのに、関係ない依頼を受けてくれたでしょ？」

「ああ、なんだ。そんなことか」

「そんなことって……大事なことじゃないの？」

あっけらかんとした態度に、シャルはややむっとした表情で尋ねた。

「そりゃあ、大事ではあるよ。ただ、シャルに後悔してほしくなかったんだ」

「わたしに？」

「あのまま依頼を受けなかったら、シャルはたぶん後悔していただろうから」

「……そう、だね」

シャルはわずかに言い淀みながら肯定した。

「それに、俺が寄り道するのはいつものことだからな」

「そうなの？」

「シルヴィアやミアとは、魔導書探しの旅をしてるときに出会ったんだよ。困ってるみたいだったから、首を突っ込んだりしたんだ。その度に、魔導書探しは遅れてな」

「それは、首を突っ込まなければよかったんじゃ？」

「そうなんだけどな」

わかっているからこそ、レオンハルトは薄く苦笑を浮かべた。

「見て見ぬ振りは、したくなかったんだよ」

「一昨日のもそうだけど、レオくん、そういうところあるよね」

今回の依頼、そして一昨日起こった魔物の襲撃。

後者はレオンハルト自身も巻き込まれかねなかったとはいえ、なにも彼がわざわざ介入するだけの価値はどこにもなかった。

「そのあたりは、俺の個人的な理由だよ」

「レオくんの？」

首を傾げるシャルに首肯し、レオンハルトはその理由を明かす。

「まあ、ただの恩返しだ」

「レオくん、あの街でなにかあったの？」

「いや、そうじゃないよ。一昨日話した、俺がいた世界のことは覚えてるよな？」

「う、うん……お礼を言いたかったって話だよね」

シャルが頷くと共に、また微かに頬を赤らめる。

きっと、一昨夜の風呂場でのことまで思い出したのだろう。

レオンハルトはあえてそこには触れず、そのまま続きを口にする。

「俺が前世で返しそびれた恩を、この世界で、できるかぎり返していこうと思ってさ」

かつて受けた恩は、もはや返すことが叶わない。

代わりに、この世界で少しでもその恩を返そうと考えたのだ。

「だから、シャルに感謝されるようなことじゃないよ」

「そっか。……それでも、ありがとう」

レオンハルトの話を聞いたうえで、シャルは再度、感謝の言葉を口にした。

「ここ、なんだか落ち着くな」

「あ、わかる？　村のみんなは近寄らないようにって言うんだけどね。静かで落ち着けるから、一人になりたいときやイヤなことがあったときによく来てたの」

「シャルだけの特別な場所ってことか」

「わたしだけの、ってわけじゃないけどね。友だちもたまに来てたから」

「それって、あのマヤって人か？」

「ううん、マヤさんとは別。マヤさんも含めて、よく三人で遊んだけどね」

「じゃあ、そのもう一人の子が？」

「うん。ちょっといじわるで、ぶっきらぼうで、不器用だけど優しい、わたしの親友」

「なら、なおさら来てよかったじゃないか」

「そうだね。……けど、いないんだよね」

「その友だちが？」

「わたしと同い年だから、村を出てどこかの街で働いてるのかも。畑仕事とか好きじゃなかったから」

なるほど、とレオンハルトは納得した。

猫を撫でるシャルを眺めていると、レオンハルトは足下に光るものがあることに気付く。

「なんだ、これ？」

右手の親指と人差し指で挟んだそれは、透き通るように紅い石だった。

「ああ、それは血紅石（けっこうせき）だよ」

「血紅石？」

「魔力を宿した不思議な石のこと。珍しくはあるけど、加工ができないらしくて、ルビーみたいに価値があるわけじゃないみたい。けど、魔力が宿ってる不思議な石だから、お守りとして持ってる人もいるみたいだよ？　この村でも、大きめのを祠（ほこら）で祀（まつ）ってるよ」

「へえ、そうなのか」

初めて聞く話に興味を示しながら、レオンハルトは血紅石を目の高さまで持ち上げる。

そのとき――

「――――ッ！」

レオンハルトが突然、自身の背後を振り向いた。

「ど、どうかした？」

突然のことにシャルが目を見張る。

「今、なにかの気配があった」

「もしかして魔物⁉」

「そこまではわからない。けど、なにかいたのは間違いない」

レオンハルトの言葉を裏付けるように、草葉がガサガサと音を立てて揺れる。

顔に緊張を貼り付ける二人の前に、草陰から姿を現わしたのは——

二匹の子猫だった。

「気のせい、だったみたいだね」

「……ああ、そうみたいだな」

安堵した顔をするシャルとは対照的に、レオンハルトはどこか不服そうであった。

そんな二人を他所に、子猫は短い足で跳ねるように二人へと近づく。

それを見たシャルは、自身の足下にいる猫へ目を向けた。

「そっか。キミ、お母さんになってたんだね～」

シャルの足下にいる猫と二匹の子猫は、共に同じ模様をしている。シャルとじゃれていた猫が母猫なのは、まず間違いなかった。

子猫たちは母猫とじゃれるように、ぴょんぴょんと元気に飛び跳ねる。

すると二匹の子猫は、シャルに対しても「遊んで遊んで」とせがむように足へすり寄る。

シャルは子猫たちを撫でながら、未だ草陰を睨んでいるレオンハルトを見た。

「レオくん？　どうかしたの？」

「いや……一応、念のために警戒してただけだよ。杞憂だったみたいだけどな」

レオンハルトは睨むような表情を消すと、肩をすくめてみせた。

（けど、ほんとに気のせいだったのか？）

レオンハルトが感じたのは、獲物を狙う突き刺すような気配だ。

今となっては霧のように霧散し、確かめる術もない。

レオンハルトが溜息を吐くと、

「ん？」

子猫がシャルのスカートの中で、なにかにちょっかいを出していた。

一匹はレオンハルトの手前側で、もう一匹はシャルの向こう側で、好奇心を刺激されたかのように前足を動かしている。

シャルに気付いた様子はなく、レオンハルトを見上げて不思議そうに首を傾げていた。

そのとき、子猫が急に前足を激しく振りだしたのである。

それはまるで、引っかかったなにかを振り解こうとするように。

直後、ひゅるっ――という、紐が解けるような音が響く。

「へ？」

シャルが間の抜けた声を上げた刹那――

子猫の前足によって、彼女のスカートの中から一枚の布が引っ張り出された。

引っかかっていた紐が爪から離れ、水色の布がふわりと地面に落ちる。

それは俗に言う、紐パンであった。

「…………」

「…………」

沈黙。互いに予期していなかった状況に、どう動けばいいかわからなかったのだ。

けれど、体は動かずとも頭は状況を理解する。

「～～～～～～～～～～～～～～ッッッ!?」

シャルは羞恥に顔を真っ赤にして、三度声にならない悲鳴を上げた。

さすがにレオンハルトも、これにはなにを言っていいかわからなかった。

「ち、ちがっ、これはっ……！」

泡を食ったシャルが立ち上がり、レオンハルトに抗弁しようとしたとき、
ひゅうっ、とそよ風が吹く。

「────────っっ⁉」

シャルは慌ててスカートを両手でぎゅっと押さえた。

それからシャルは、なんとも言えない表情で目を逸らすレオンハルトに捲し立てる。

「ち、違うのっ！　これは別にわたしがこういう下着を好きで穿いてたわけじゃなくて、ただ単に今日はこれしかなかっただけなのっ、普段からこんなえっちな下着を穿いてるとか、恥ずかしくなるのがわかっててついつい買っちゃうとか、そういうわけじゃなくて今日はほんとに仕方なくでっ‼」

「だから、まだなにも言ってないって……」

内股で前傾姿勢になって詰め寄るシャルに、レオンハルトはせめてものフォローをする。

「大丈夫、俺は気にしない。なにを着ようが、なにを穿こうが、その人の自由だから。な？」

「ほんとに違うからぁ────────っっ‼」

その後、数十分にわたってシャルの抗弁が続いたのだった。

†　†　†

夜の帷(とばり)が下りたグローア村。いつもであれば、村はすでに暗くなっている時間帯だ。

しかし今夜、この村は至る所に篝火(かがりび)が灯されていた。

この村がここまで明るいことなど、収穫祭のとき以外にはまずないそうだ。

その明るさとは裏腹に、村は怯えたように静かであった。

そんな中、レオンハルトたちは牛小屋の近くで周囲に注意を払っていた。

「今夜も来るかな？」

「どうでしょうね、こればかりは相手次第ですから」

辺りを見回していたシャルの問いに、シルヴィアがコーヒーの入ったカップを渡しながら答える。

これまで毎晩被害が出ていることを考えれば、今夜もまた襲ってきてもおかしくはない。

同時に、来るとも限らない。村の牛を襲っている某(なにがし)かが、これまでの襲撃で目的を達成していたとすれば、もはや村の近辺にはいない可能性もある。

「退屈だぞ」

「なにも起きないに越したことはありませんよ、ミア」

村を囲う柵に座って足をぷらぷらさせるミアに、シルヴィアは砂糖を多めに入れたコーヒーを渡す。

レオンハルトもシルヴィアからコーヒーをもらい、湯気を上げる黒い液体を一口飲む。

今までの襲撃が全て夜中であったことから、襲ってくるならこの時間でまず間違いない。となると、レオンハルトたちも夜中のうちは常に警戒しなければならない。コーヒーは眠気覚ましだ。

「………」

「シャル？　どうかしたか？」

村をじっと見つめるシャルに、レオンハルトが尋ねた。

「えっ、あ……ううん、なんでもない。ただ、ちょっと似てるなって思ってたの」

「似てる？」

「うん。以前にも……五年前にも、村が魔物に襲われたことがあったの。そのときの空気に、ちょっと似てる」

篝火で明るい村には、ちらほらと村人の姿がある。

彼ら彼女らは一様に表情に怯えを滲ませ、「またなのか」と口々に呟いていた。

同じ悲劇を体験しているシャルも、表情は少しばかり暗い。

「怪我人が出てないのが、不幸中の幸いかな。五年前は、もっとひどかったから」

「傷薬はないのか？」

「一つ二つくらいなら、あると思うよ。でも、この村はお金がないから」

薬草や傷薬、解毒薬といったものは値段が高い。

冒険者の中にも、買える者とそうでない者がいる。買える稼ぎがある冒険者でも、気軽に消費できる代物ではない。

「だから、二年前まではわたしが全部治してたの。けど、今回はそうじゃなかったから」

資金のない村にとって、シャルのように治癒魔法が使える者はまさに宝だ。

しかし、それは彼女に依存することで成り立っていたもの。シャルがいなくなれば、当然のごとく瓦解するのだ。

今回のように魔物に襲われて怪我人が出ていないのは、まさに奇跡と言っていいだろう。

不安に駆られる村人たちを見て、シャルはぐっと拳を握る。

「必ず、わたしがみんなを……」

シャルが決意を固めるように口にしたとき、少し離れたところで男の「うおっ⁉」という驚きの声が響いた。

レオンハルトたちが瞬時に警戒を露わにすると、声が聞こえたほうから小さな影が迫る。

その影の正体は、レオンハルトとシャルが夕暮れに会った猫たちだった。

「あ、この猫たち……」

「知っているのですか？」

「う、うん。夕方、雑木林でちょっと遊んだ猫たち。けど、どうして……」

シャルの疑問に、猫たちは答えない。母猫は子猫の内の一匹を口に咥えたまま、もう一匹を守るようにして来た方向を睨むばかり。

「へーか……なにか、いるぞ」

柵から飛び降りたミアは、彼女には似つかわしくない険相を浮かべていた。

エルフが森の気配を察知するのに長けているように、吸血鬼は夜の気配を察知することに長けている。

その吸血鬼のミアが「なにかいる」と言うのだから、それはきっと間違いないのだろう。

問題は、ソレがいったいなんなのか。

母猫が睨み付ける方向を、レオンハルトたちも同じように凝視する。

誰もが警戒と緊張を露わにする中、雑木林の木々が不気味にざわめく。

風などない。草の一本、髪の毛の一本すら揺れないほどの無風。

そうであるにも拘わらず、呻き声にも似た雑木林のさざめきは大きくなる。

一同が固唾を呑んで、事態の成り行きを見守っていた。

そのとき——

暴ッ!! と凄まじい速度で、雑木林から地を這う影が飛び出してきた。

幾多にも枝分かれして、村中に張り巡る闇のように黒い影。

そのうちの一つが、シャルの足下へと伸びる。

次の瞬間、シャルの両足がどぷんっ、と影に沈み込んだ。

「なっ、これは……っ!?」

フードの奥で、シャルの顔が驚愕と恐怖に染まる。

咄嗟に影から足を引き抜こうとするも、膝から上が懸命に動くだけで抜ける気配がない。

「シルヴィアッ!」

「はい!」

レオンハルトがシャルのほうへ動くと同時に、シルヴィアが腕を横に一薙ぎする。

シャルへ伸びていた影を遮るように、シルヴィアの魔力によって氷壁が形作られた。

その隙に、レオンハルトがシャルを抱えて影から引きずり出す。シャルの両足は、意外なほどにあっさりと解放された。

「あ、あれっ!? なんで……」

「影だからだよ」

シャルをゆっくり下ろしながら、レオンハルトは疑問の声へと答えた。

「壁やものに阻まれれば、影は届かなくなる。それだけさ」

レオンハルトは説明しながら、ある一点へ目を向ける。

彼の視線の先では、先ほどまでシャルの足を摑んでいた影が、苛立たしげに揺らいでいた。

影は所詮、影に過ぎない。壁に阻まれれば、壁の向こうへ伸びることはできない。

つまり、影そのものを分断してしまえばいい。

影を切り離した時点で、切り離された側の影に力はなくなるのだから。

それを瞬時に理解したレオンハルトとシルヴィアは、阿吽(あうん)の呼吸でシャルを助けたのだ。

「しかし、まさか影の魔物とは予想外でしたね」

「ああ。問題は、どの魔物かだな。ミア、引きずり出してくれ」

「おーっ！」

返事をするや否や、ミアは近くの影へと迫る。

そして地面の影を両手で摑むと、魔力によって超化された膂力(りょりょく)で影を地面から離す。

「とおおおおぉぉおりゃあああぁぁぁっ‼」

ブウォオンッ‼　という低い風切り音と共に地面を這っていた影が剝がされ、村の外へと投げ飛ばされる。

空に放り出された巨大な影は空中で一つになると、その形状を変えて真の姿を現わした。

それを見た瞬間、その場にいた全員が息を呑んだ。

「あれって、まさか……」

「ぬぅ」

「よもや、こんな魔物に遭遇することになるとは……」

「一番厄介な奴を引き当てたわけか……ッ！」

満月を遮るほどの巨軀、鋭利な鉤爪、左右に広がる黒き大翼。

影の正体、それは――シャドー・ドラゴン。

魔物の中で、最上位に位置する力を持つ竜種。

その中でも極めて情報が少ない、突然変異体であった。

グォォオオオオオオオ――ッ!!

天に座するシャドー・ドラゴンが咆哮する。あの大口に呑み込まれれば、悲鳴など上げる間もなく絶命することだろう。

「なんで、こんなところにシャドー・ドラゴンが……」

目の前の光景が信じられないとばかりに、シャルが震えた声で呟いた。

シャドー・ドラゴンは突然変異体であり、その個体数は決して多くないとされる。

そんな希少種が、このような小さな村にいる。

それは、果たして偶然なのだろうか。

ミルヒを出立する前、ギルドの受付嬢が言っていたことをレオンハルトは思い返す。

『シャドー・ドラゴンの討伐中、マンティコアに邪魔されて討ち損じたと聞きました』

「たぶん、王国騎士が打ち損じた奴だろうな」

「つまり、傷を癒やしていたということですか」

「だろうな」

王国騎士との戦いで消耗したのであろうシャドー・ドラゴンは、辛くも逃げ延びた先であるこの村で回復を図っていたのだ。

食い応えのある牛もいたのだから、シャドー・ドラゴンにとっては願ったり叶ったりだろう。

「そして今日は満月だ。あいつにとって、最も活動しやすいこの日に、村全部を食い尽くそうとしたんだろうな」

シャドー・ドラゴンは強大な力に反して、光の加減に敏感であることがわかっている。

光は影を作るうえで、なくてはならないものだ。

だが、光が強すぎれば影すら消えてしまう。

太陽の光は万全に活動するには強すぎ、光が弱すぎると影そのものが作れない。

影の消滅は、それ自体がシャドー・ドラゴンの消滅を意味する。

そんな中でシャドー・ドラゴンが最も動きやすいのは、今日のような満月の夜とされる。

これまで大きく動かなかったのは、傷を癒やすこと以外に、満月を待っていたのだろう。

シャドー・ドラゴンは爛々（らんらん）と輝く眼光で、地上のレオンハルトたちを射抜くように睨む。

天を衝く咆哮を轟（とどろ）かせると、全身から影の触手を生み出した。

「――ッ！」

それを見たシャルは、すぐさま〈守護者の御楯（ガーディアンズ・プロテクション）〉を展開。

白銀の魔法陣が触手を阻むと同時に、シルヴィアが幻想的な翼を、ミアがコウモリめいた翼を生やして天へ躍り出る。

ミアが自分の両の手首を掻（か）き切り、流れ出た血を手に纏って巨大な鉤爪を形成。豪快に腕を振るってシャドー・ドラゴンの翼を切り裂き、シルヴィアの放ったいくつも氷の矢が、もう片方の翼を蜂の巣にした。

しかし、翼をもがれたシャドー・ドラゴンは一瞬バランスを崩しただけ。瞬く間に削られた両翼を再生させてしまう。

「くっ、やはり影の魔物は厄介ですね……！」

影の魔物はシャドー・ドラゴン以外にも存在するが、共通して厄介な特性を持っていた。

それが、規格外の自己再生能力。

普通の魔物であれば、欠損した部位は治らない。けれど影の魔物は、その不可能を可能にしてしまうのである。

「とおおぉぉりゃあああああぁぁッ!!」

再生能力がなんだと言わんばかりに、ミアが吶喊して両の鉤爪を振るう。

それを煩わしそうに、シャドー・ドラゴンは尻尾をしならせてミアの体を撥ねた。

「ぬわあぁぁあっ!?」

「ミア！　――っ！」

ミアを案じたシルヴィアの隙を衝くように、触手が刃物のような鋭利さで襲いかかった。

「シルヴィア、一度離れろ！」

レオンハルトが声を掛けると、シルヴィアは主の命令通りに敵から距離を取った。

そこに――

「光を以て喰らえ――〈燦然光牙〉!!」

響く一声と共に、シャドー・ドラゴンの周囲で光が瞬く。

刹那、骨身に堪える振動を伴って、爆轟がシャドー・ドラゴンを呑み込んだ。

影で構成された巨体は散り散りに弾け飛び、墨のように地面や草葉に染みを作った。

――だが。

散っていた影の破片が蠢き、それを中心に散った影が一つに集まる。

そうして、ほんの寸毫の間にシャドー・ドラゴンは元の巨体を形作ったのだ。

「レオくんの一撃でもダメなんて……」

悪夢のような光景に、シャルが震える声で呟いた。

「ダメージがないわけじゃないだろうけど、総量が桁違いだなッ」

シャドー・ドラゴンとて、再生に伴う消耗がまったくないわけではない。

それを差し引いても、九分九厘万全となったシャドー・ドラゴンを削りきるのは至難の業なのだ。

グォォオオオオオオ――ッ!!

シャドー・ドラゴンが大口を開けて吼えると、仕返しとばかりに触手が風を切って奔る。

シャルが魔法陣を展開して村を守るも、彼女の顔には苦悶が滲んでいた。

魔法陣を乱打する触手は刃物のように鋭利なものもあれば、鞭のようにしなりながらも破城槌に匹敵する力強さを持ったものもある。

このままでは、シャルが一方的に消耗を強いられるだけであった。

それを察したレオンハルトは、乱舞する触手を足場にしてシャドー・ドラゴンへと接近を試みる。

シルヴィアとミアも応戦し、なんとか村から注意を逸らそうと躍起になる。

レオンハルトがシャドー・ドラゴンの側頭を拳で殴り、ミアが足や胴体を抉り飛ばし、シルヴィアが両翼にいくつもの風穴を開ける。

三人の奮戦の甲斐あって、シャドー・ドラゴンの意識が村から逸れる。

しかし、シャドー・ドラゴンは低い唸り声を上げたかと思うと、翼を大きく開いて三人を吹き飛ばした。

「ぬわッ⁉」

「くっ……！」

「こいつッ！」

ミアとシルヴィアは横に、そしてレオンハルトは地面へと振り払われる。

すると時を移さず、シャドー・ドラゴンが口を大きく開けて大気を吸い込む。

開かれた口の奥では魔力光が輝き、徐々にその輝きを強くさせていた。

それを見ていたレオンハルトは、焦燥と恐怖に震駭する。

「まさか、ブレスか⁉」

竜種のみが使える、ドラゴンの用いる最大にして最悪の攻撃手段。

その一撃は、街一つを容易く焦土に変えるほどの威力だ。そんなものを撃たせたら、グロージア村など一溜まりもない。

レオンハルトたちの思わぬ抵抗に、シャドー・ドラゴンが痺れを切らしたのだ。

「ミア、シルヴィア！　なんでもいい、村から注意を――」

言い終わるより早く、シャドー・ドラゴンの大口から漆黒の奔流が迸る。

荒ぶる力の一撃は空気を消し飛ばし、村へと一直線に突き進む。その先に――

シャルが毅然とした表情で、向かってくる奔流に立ち塞がっていた。

「心優しき我らが母よ、どうか彼の者に優しき加護の抱擁を！」

声をこれでもかと張り上げて、シャルは詠唱を唱い上げる。

「慈愛の秘蹟をここに――〈優しき慈母の抱擁〉!!」

シャルを中心に膨大な魔力が溢れ、優しい光の膜が村全体を半球状に包み込む。

そして、二つの力が鬩ぎ合う。

漆黒の奔流は光の膜によって弾かれるも、結界を維持するシャルの表情は険しい。

「この威力は、さすがに……ッ！」

ブレスを防ぐだけの耐久性とそれを維持するために、シャルの魔力が加速度的に消費される。

このまま行けば、シャルの魔力が先に限界を迎えてしまうだろう。

それを察したレオンハルトはすぐさま魔力を編み上げて、

「シャルが堪えてくれてる今のうちにッ！」

再度〈燦然光牙〉をシャドー・ドラゴンに放った。

シャドー・ドラゴンの体は爆炎に弾け飛び、繰り出されていたブレスが霧散する。

「ミアとシルヴィアは時間を稼いでくれ！」

「レオン様は？」

「ひとまず、シャルのところに戻る。シャルにまだ余裕があるかどうかで、賭けに出られるかが変わるからな」

「賭け……わかりました。こちらはお任せを。行きますよ、ミア！」

「おーっ！」

二人の少女が、赤と青の軌跡を描いて加速する。

形を取り戻したシャドー・ドラゴンは、怒りを露わに羽虫を払うように翼を打った。

その隙にレオンハルトが村へと戻る。村の広場では、シャルが肩で息をしながら膝に手を置いていた。

「シャル、大丈夫か？」

レオンハルトは周囲に村人がいないことを確認し、シャルの肩に手を置いて尋ねた。

そうすると、シャルは額に玉の汗を浮かべながらも笑顔を作る。

「う、うん……なんとか、ね。でも、このあとはどうするの？　レオくんでも、斃せないんだよね？」

「第六位階よりも上の魔法なら、一撃で斃すこともできる。けど……村まで巻き込みかねない」

レオンハルトの使える第六位階以上の魔法は威力が高すぎるのだ。

それこそ、村を巻き込んでしまうかもしれないほどに。

「じゃあ、やっぱり打つ手なし……？」

「いや、まだ手はある。少しだけ賭けになるけどな」

「賭け？」

微かに眉を持ち上げるシャルに、レオンハルトは端的に答えた。

「ああ。俺の『霊宝（レストアーツ）』を使う。シャルはまだいけるか？」

「え……？　う、うん。あと一回くらいなら」

「よし。それじゃあ、シャルは今まで通り村を守ってくれ」

「どうするの？」

「シャドー・ドラゴンに、もう一度全力のブレスを撃たせる」

「なっ……」

シャルは瞠目して声を呑んだ。

驚くのも当然だ。ドラゴンにブレスを撃たせないに越したことはなく、わざわざそれを引き出すなど正気の沙汰ではない。

だが――

「……わかった。後ろは任せて！」

レオンハルトを信じるように、シャルは柔らかくも気迫のある笑みを浮かべた。

直後、シャドー・ドラゴンが咆哮と共にシルヴィアとミアを振り払う。時を移さずして、大口を開けて魔力を収束する。

「ちょうどいい。あっちもいい加減、腹立たしくなったみたいだな」

今のシャドー・ドラゴンの感覚を人間に当て嵌めるなら、自分の周囲を鬱陶しく飛び回る蚊がいる状態だ。振り払っても絡み付いてくるなら、殺してしまったほうが早い。

「シルヴィア、ミア！　二人も村の防衛に回ってくれ！」

ゆえに、加減は一切ない全力の一撃がくる。

「わかりました！」

「任せるのだーっ！」

空を飛翔していた二人は、指示に従って村へと降り立つ。

レオンハルトは一人で村を出ると、村を背後に守るように佇んだ。

そして右手を前へと伸ばし、強い語気で一つの言葉を紡ぐ。

「力を貸せ——《コンクェスター》‼」

レオンハルトの足下に赤黒い魔法陣が開き、光の粒子が彼の手元へと収束する。

すると、彼の手に一振りの長剣が現れた。

黒い刀身に金で象嵌が施された、禍々しくも美麗な剣だ。

「アレが、レオくんの……」

シャルが魅了されたように剣を見つめると、横に降り立ったシルヴィアが相槌を打つ。

「魔剣《コンクェスター》。レオン様の『霊宝』であり、その固有能力は〈理の拒絶〉」

「〈理の拒絶〉？」

「剣で受け止めた力を吸収し、威力を倍にした魔法を編纂して放つという力です」

「そんなすごい力が⁉」

シャルは思わず疲れを忘れるほどに驚愕した。

『霊宝』は得てして破格の固有能力を持つ。その中でもレオンハルトの《コンクェスター》は、強敵に対して絶大なアドバンテージを有する。

「あれ？　でもさっき、賭けだって……」

「あの魔剣が吸収できる力は使用者——レオン様の格によって左右されるんです。その使い手の格というのも、その時々で魔剣が判断するらしく……」

「レオくん自身、自分が魔剣に認められるかは、そのときまでわからない？」

シャルの確かめるような問いに、シルヴィアは緊張した面持ちで頷いた。

彼女たちが見守る先で、ついに漆黒の奔流が解き放たれる。

迫る破滅の暴威へ向けて、レオンハルトは握る魔剣で斬りつけた。

奔流は二股に分かたれ、村へと逸れたブレスをシャルたちが防ぐ。

しかし――

（くそッ……！　やる気出せよ、なまくらがッ）

ブレスを受け止めることはできたが、当の魔剣に攻撃を吸収する気配がない。

正確に言うなら、吸収することはできている。だが、そこまでだ。

魔法を編纂するには至らず、やがては堪えることもできなくなるだろう。

（このままだと、押し負ける……っ！）

レオンハルトが最悪の結末を幻視したとき、彼の耳にシャルの声が届く。

「お願い、レオくん……負けないでっ‼」

「――っ」

響いた声援に、レオンハルトは幻視した結末を振り払う。

（そうだ……やる気を出さなきゃいけないのは、俺のほうだった！）
柄を握る手に力を込めて、レオンハルトは自分自身に誓う。
（俺は、この村を守るッ!!）
決意と共に、すべての負の感情を捨て去る。
今、成さねばならぬことはたった一つで、それを成すために全身全霊で挑むのみ。
「うッ、おおおおおおォォ――ッ!!」
万丈の気炎を上げた瞬間、極大の奔流が完全に断ち切られる。
その現象は、魔剣がレオンハルトを認めたことを意味していた。
四散した力は光の渦となり、瞬く間に剣へと吸収されていく。
すると、魔剣が訊いてくる。
――なにが欲しい？　と。
（欲しいのは光。影を払う、夜の闇すら打ち砕く光が！）
述べられる要求に従い、魔剣が自身の内で力を構築する。
性質変換、魔法編纂、能力譲渡――
相応しい態度を見せたレオンハルトへ、魔剣は一つの力を授ける。
（この魔法なら……行けるッ!!）
勝利を確信するレオンハルトとは対照的に、シャドー・ドラゴンは焦っていた。

当然だ、自分の最大の攻撃が用をなさなかったのだから。

そして本能的になにかを悟ったのか、シャドー・ドラゴンは滑空して村へ迫る。

けれど、もう遅い。勝利への道筋は、ここに成されたのだから。

「万丈の輝きは遍(あまね)く万物へ降り注ぎ、開闢(かいびゃく)の光は大いなる破邪の奇跡とならん」

勝利へ導く詠唱(うた)が紡がれると同時に、魔剣が殻を脱ぎ捨てるかのごとく色を変える。

禍々しさを感じさせた漆黒から、穢(けが)れのない清き純白へと。

「照滅(しょうめつ)せよ――〈森羅覆う旭光(マグナ・ラディウス)〉!!」

レオンハルトが魔剣を掲げた刹那、弾けるように強烈な光が放たれた。

発光、などという言葉では足りない。それはもはや、爆発だった。

一瞬にして夜闇を切り裂き、極大の太陽光が迸る。

視界一面を白くするほどに強力な光は、村へ迫るシャドー・ドラゴンにも降り注ぎ――

グォォオオオオオオオォォォォ――ッッ!!

呪うような断末魔を轟かせて、純白の光へと呑み込まれたのだった。

光が収まったとき、世界は夜のままだった。

しかしながら、そうとは思えぬほどの光が世界を覆ったのも事実だ。

村人たちは、なにが起こったのかわからず騒然としていた。

「シャドー・ドラゴンは……？」

シャルがわずかに戸惑った様子で周囲を見回す。

辺り一面にシャドー・ドラゴンの姿はなく、闇のように黒い影――その欠片も残っていない。

「斃したよ。もう、どこにもいないさ」

村へと戻ってきたレオンハルトが、シャルの疑問への答えを述べる。

「それじゃあ、さっきの光は攻撃だったの？」

「どうだろうな。少なくとも、俺たちには害がなかった」

レオンハルトは右手に握る剣を一瞥する。

まばゆい純白の光を放っていた魔剣は、嘘のように黒い刀身へと戻っていた。

「けど、シャドー・ドラゴンにとっては、致命的な攻撃になったんだろうな」

シャドー・ドラゴンの性質はあくまで影。影は光がなければ存在できないが、同時に光が強すぎれば影すら消える。

それが破邪の性質を持った極大の太陽光ならば、影という存在を斃すのも難しくない。

人や村に被害は出さず、シャドー・ドラゴンだけを狙ったような魔法。

それが魔剣の意思なのか、ただの偶然なのかは、レオンハルトにもわからなかった。

(助かったよ、ありがとな)

魔剣に心の中で感謝を述べたとき、シャルが戦慄いた声でレオンハルトを呼ぶ。

「レ、レオくん……アレっ」

声に促されるように後ろを向くと、レオンハルトは思わず瞠目した。

シャルが指差した先の空中に、魔力光を発する一冊の書物があったのだ。

「魔導書ッ⁉」

レオンハルトが求めてやまないもの。喉から手が出るほどに欲したもの。

それが今、目の前にあったのだ。

(なんで魔導書がここに？　まさか、シャドー・ドラゴンが取り込んでたのか⁉)

ありとあらゆる可能性が、一瞬でレオンハルトの脳内に浮かび上がる。

だが、それを考えている場合ではなかった。

(なにが理由かなんてどうでもいい、それよりも今はッ！)

レオンハルトは思考を断ち切り、地を蹴って魔導書へと手を伸ばす。

けれど、その手が魔導書に届くことはなかった。

あとほんの少しで手が届くという瞬間、魔力の衝撃波がレオンハルトを弾き飛ばしたのだ。

「くッ……！」

レオンハルトは着地と同時に両足へ力を入れ、足跡を刻みながら弾かれた勢いを殺す。

魔導書は見定めるように、しばらくその場に留まっていた。

しかし、やがて初めから存在しなかったかのように、ふっと消えてしまう。

「残念、だったね」

「ああ。フラれちゃったみたいだな」

気遣うようなシャルの言葉に、レオンハルトは軽く肩をすくめてみせた。

そこに、ミアを連れたシルヴィアが疑問を呈する。

「しかし、どうしてここに魔導書が？　シャドー・ドラゴンが取り込んでいたのでしょうか？」

「あるいは、ドラゴンが魔導書を取り込んだ結果が、シャドー・ドラゴンへの変異なのかもしれない」

「そんなことが有り得るのですか？」

「ない、とは言い切れなくなったのは確かだな」

シャドー・ドラゴンは突然変異体であり、その発生起源は未だわかっていない。

判明していることといえば、神話の時代には存在しなかったことくらいだ。

「なんにせよ、これでひとまず依頼は達成できたわけだ」

「うむ、一件落着ということだな！」

ミアが腰に手を当てて元気よく頷くと、四人のもとへマヤが歩み寄る。

「みなさん、この度はありがとうございました。村を代表して、お礼申し上げます」

マヤはきれいなお辞儀をした後、そっとある人物のほうへ歩を進めた。

「――――シャル」

ぴくッ、と名を呼ばれたシャルの肩が揺れる。

シャルはしばらく俯（うつむ）いていたが、やがて観念したようにフードを下ろした。

「バレてたんだね……」

ぎこちなく、どこか悄然（しょうぜん）とした声で応じるシャル。

対してマヤは、優しく労るような声だった。

「当たり前でしょう、貴女のことはずっと見てきたんだから」

「……怖くないの？　わたし、みんなが知ってる『魔女』なんだよ？」

「…………」

シャルの問いに、マヤは目を伏して数瞬の間を置いた。

そして、明朗な口調で言葉を紡ぐ。

「そうね……怖くなかった、と言えば嘘になるわ。私も、村のみんなも」

「そう、だよね……」

それは、シャルもわかっていたこと。

だからシャルは、俯いて悲しげな顔をしながらも、どうにか笑おうとして――

「けどね、シャル。言ったでしょう？　貴女のことはずっと見てきたのよ？　たとえ貴女が世界で恐れられる『魔女』になったとしても、貴女が悪意から禁忌に手を出したわけじゃないことはわかってる」

「え……？」

続いたマヤの言葉が意外だったのか、シャルは驚いたように顔を上げた。

「最初は戸惑って、どう接したらいいかわからなくなったわ。そんな私たちのよそよそしい態度が、貴女を村から出て行かせるほど追い詰めてしまった……ごめんなさい」

「そ、そんなっ！　マヤさんが謝ることじゃないよ！　わたしは……」

頭を深く下げるマヤに、シャルは慌てた様子で手を振る。

「……わたしはただ、自分自身が怖くなって逃げ出しただけ。みんなに迷惑を掛けたくなかっただけ。マヤさんや村のみんなは、なにも悪くないの」

「それでも、私たちが貴女に寄り添ってあげられなかったのは事実だもの。だから、ごめんなさい」

それは、有り体に言えば擦れ違いだったのだろう。

シャルは村のためを思って禁忌を犯したが、いつしか『魔女』となってしまった。そんな自分に向けられる恐怖を払拭するため、シャルは村を出ることにした。

マヤや村人たちはシャルを大切に想っていたが、一時の恐怖と戸惑いから近づくことを躊躇ってしまった。

どちらも相手を想う気持ちはあったのに、結果としては擦れ違ってしまった。

ただ、それだけのことだったのだ。

「シャル、貴女さえよければ、村に戻ってきなさい」

「……っ」

シャルは堪えていたものが溢れたように、ぽろぽろと涙を流す。

誰かのためを想っていた彼女も、自覚していない部分で寂しさを感じていたのだろう。

止めどなく流れる涙を拭うシャルを、マヤは優しく抱き締めるのだった。

† † †

まだ太陽が顔を見せていない暁天（ぎょうてん）の下を、一人の少女が走っていた。

「お待たせ、レオくん」

村の入口に立っていたレオンハルトに、シャルがとことこと駆け寄る。

「いや、待ってないから気にするな。……それより、本当にいいのか？」

「今になって訊くの？　いいの、もう決めたことだから」

　そう述べるシャルに、逡巡する気配は感じられなかった。

　結局、シャルは村を離れることにしたのだ。

「わたしがこのままここにいると、遅かれ早かれ迷惑を掛けるかもしれないからね」

「ここの人たちは、そんなこと思わないだろ」

「そうかもしれないけど、わたしがみんなを困らせたくないの」

「……そうか。なら、俺がこれ以上なにかを言うのも野暮だな」

　村の全員が受け入れたとしても、シャルが『魔女』であることに変わりはない。

　もしものことがあれば、シャルだけでなく、村人全員が罪に問われかねないのだ。

　そうならないように、シャルは生まれ育った場所を出ていくことを決意した。

　それがシャルの決めたことである以上、レオンハルトに口出しするつもりはない。

「むしろ、レオくんこそいいの？　わたしが一緒に行って」

「それこそ、今になって訊くことか？　俺はシャルと同じで『魔王』だぞ？」

「それもそうだね」

　冗談めかして言ったレオンハルトに、シャルがくすくす笑うと――

「まったく、なにか一言くらいあってもいいんじゃない？」

　近くにある建物の陰から、少し拗ねた表情のマヤが姿を見せる。

「マ、マヤさんっ⁉　どうして……」

「貴女が考えそうなことくらいわかるわよ。二回目ともなれば、なおさらね」

「あ、あははは……」

気まずそうに目を逸らすシャルに、マヤは表情を一転させ、柔らかい笑みを浮かべる。

「行くのね」

「うん」

「たまには、手紙の一つくらい送ってよね。みんな喜ぶから」

「わかった。あ、そういえば、ヘレナは元気？　見かけなかったけど」

「ヘレナは……二年前に、村を出ていったわ」

「えっ、そうなの？」

「実は――」

マヤはわずかに表情を曇らせ、その続きをシャルへと語った。

「…………そっか。そんなことが、あったんだね」

「ええ。だから、もしヘレナと会えるようなことがあれば、相談に乗ってあげて」

「わかった」

シャルが頷くと、準備をしていたシルヴィアが口を開く。

「お二人とも、そろそろ」

「出発なのだぞー」

「ほら、行ってきなさい。体には気を付けてね」

「マヤさんもね。いこ、レオくん」

「もういいのか？」

「うん。昨日の夜、いっぱい話したから」

シャルは最後にマヤへ手を振り、レオンハルトはお辞儀をしてから馬車へと乗り込んだ。

そうして、薄い朝霧が漂う中、一台の馬車は静かに村を去って行くのだった。

第三章　再会の親友

　その日、少年は少女と共に食事を摂っていた。

　すっかり少年の病室に入り浸るようになった少女は、いつからか食事も彼の病室で食べるようになっていたのだ。

「最近、ずっと俺の病室で食べてるよな」

「だって、誰かと食べたほうが美味しいんだもん」

「そんなもんか？」

「そんなものだよ」

　ただでさえ味の薄い病院食だ。味以外に〝空気〟という調味料がないと飽きるのだろう。

「俺以外に、一緒に食べる人はいないのか？」

「キミしか友だちいないもん」

「ぼっちか」

「う、うるさいなっ」

　少年の一言に、少女が箸を止めて柳眉を逆立てる。

「同年代の子が入院しても、大抵はすぐに退院しちゃうのっ！」

「まあ、そうだよな」

少年や少女の年齢で長期入院する者は限られている。その限られている中で、同じ病院に入院する可能性となれば、さらに限られるだろう。

二人のように、病院にいるのが当たり前のほうが珍しいのだ。

「それに、同年代の子が入院したとしても、一緒に食べられるかは別だからね」

「それもそうだな」

入院する経緯によっては、病室に大人以外の立ち入りが許されない場合もある。

そういった点で、二人にはこれといった問題はなかった。

他人に感染るような病気ではないため、こうして共に食事を摂ることもできる。

もっとも、少年のほうは満足に食べられていない。体のほうが食べ物を受け付けず、口にできたとしても少量が限界だった。

少年は食べ物から得られない栄養のほとんどを、点滴によって補っている状態だ。

一緒に食べていると言っていいかは甚だ疑問だが、二人にとってはそれで構わなかった。

「そういえば、わたしたちってケンカしたことないよね」

「取っ組み合いになったら、百パーセント俺が負けるな」

「しないよ、そんなこと」

少年の冗談に、少女は苦笑した。

「キミは友だちとケンカしたことってある？」

「昔は何度か。そっちは？」

「んー、わたしはあんまりしたことないかな」

「だろうな」

「友だちがいなさそうって意味？」

「違うよ。わかった、さっきのは俺が悪かった」

毒に薬にもならない、たわいもない会話。

なんてことはない日常の光景であり、彼らの年代ならありふれた光景だろう。

だからこそ、少年にとってはなによりも愛おしかった。

少女と過ごすこの時間が、なによりも温かくて大切だったのだ。

端から見れば、少女が少年に会いに行っているように映るだろう。

しかし――その実、本当はどちらが相手を求めていたのか。

それはきっと、語るべくもないことだった。

†　†　†

静かな空間に、本のページをめくる音が微かに響く。

整然と並べられたいくつもの本棚には、ぎっしりと本が収まっている。

この日、レオンハルトたちは街にある図書館へと足を運んでいた。

ギルドで依頼を受けることも考えたが、シャドー・ドラゴンとの戦いもあり、少し休むことにしたのだ。

そこでせっかくだからと、街の散策に繰り出すことにしたのである。今は偶然見つけた図書館に立ち寄っているところだ。

目を通していた本を読み終えて、レオンハルトは嘆息するように呟く。

「やっぱりない、か」

パタンッ、と本を閉じて下に向けていた顔を上げる。

すると、隣にいたシャルが首を傾げた。

「なにがないの？」

「俺を転生させた女神の記述だよ」

レオンハルトが今まで読んでいたのは、この世界の神話に関する書籍だった。

「レオくんを転生させた女神？」

「ああ。その女神のことが書かれてれば、俺が元の世界に帰る手がかりになるかもって思ったんだけどな」

レオンハルトが元いた世界へ戻る方法を探し始めたとき、真っ先にこの世界の神話について調べた。

そして、驚いた。

この世界の神話には、転生の女神に関する記述が一切なかったのだ。

無論、彼が手に取った本に記述がなかっただけかもしれない。

その可能性を考慮して、こうした機会に神話に関する他の本や、まったく無関係に思える本にも目を通していた。

シャルはレオンハルトの持っていた本を借りると、ぺらぺらとページをめくる。

「うーん……もしかしたら、他の神様として書かれてるのかも？」

「俺もそう思って、色々調べてみたんだけどな。結果はお察しだよ」

転生の属性に捕らわれず、他の属性の神としても探してはみたのだ。

しかし、結果は空振りばかりだった。

「いっそ、この世界の神様にでも会えれば、なにかわかるかもしれないけど」

「それはさすがに無理じゃないかなぁ」

「だよな」

この世界の神は、神話の時代に『魔王』と『魔女』によって半数以上が殺されていた。

生き残ったわずかな神も、地上を人に任せて現世を去ったとされる。

神様に会うなど、まずもって不可能だ。

「神話の『魔王』と『魔女』は、本当に神殺しを成したんだな」

「そうなってるね。皮肉にも二人の存在が、終わらない戦いを終わらせるきっかけになったわけだけど」

神対神、神対人、人対人——それが神話で描かれる大戦だ。

邪神の勢力と善神の勢力、そしてその神々から力を授けられた人類同士の戦い。

神が神を殺し、神が人を殺し、人が人を殺す混沌とした時代。

そんな終わりのない戦い、明けぬ無明の闇の中に現れたのが『魔王』と『魔女』だ。

彼らは人が成し得なかった神殺しを成し、混沌とした世をさらなる混沌へと突き落とした。

『魔王』が魔性母神アモルヴィアを殺した際には、地上に紅き流星が降り注いだとされる。

しかし彼が神を殺して回ったことにより、神々同士の戦いは鎮火。終戦への一途を辿ることになった。

神からも人からも恐れられた『魔王』は、一人の勇者によって討たれることになる。

こうして、神話の時代に幕が下ろされたのだ。

「そういえば、シャルも魔導書から知識を得たんだよな？」

「あ、うん。そうだよ？」

「じゃあ、なにか知ってたりはしないか？」

レオンハルトにはない知識を持っていて、そこに手がかりがあるかもしれない。

そう思ったのだが、シャルは申し訳なさそうに首を横に振った。

「ううん、ごめんね。わたしの持ってる知識に、それらしいのはないの」

「そうか……」

レオンハルトは少しばかり肩を落とした。

とはいえ、これまで長い道のりを歩いてきたレオンハルトだ。この程度でめげたりはしない。

「わたしも、できる限り手伝うよ」

「ありがとな。助かるよ」

シャルがレオンハルトにはない知識を持っていることに変わりはない。この先、その知識が必要になることもあり得るだろう。

だから、シャルの申し出はとてもありがたいものだった。

「ま、気長にやるしかないか。幸い、新しい手がかりは得られたしな」

「新しい手がかり？」

レオンハルトがなにを指して言っているのか、シャルにはわからなかったのだろう。きょとんとした表情で首を傾げた。

「シャドー・ドラゴンの件だよ。依頼で似たようなものがあれば、行ってみる価値はあるだろうからな」

「あ、そっか。他の魔物も、魔導書を取り込んでるかもしれないもんね」

「そういうこと」

今回はドラゴンだったが、それ以外の魔物が魔導書を取り込んでいないとも限らない。シャドー・ドラゴンの件を考慮すれば、突然変異体の魔物は魔導書を取り込んでいる可能性もあった。

「シャドー・ドラゴン……」

「どうかしたか？」

「あ、ううん。ちょっと気になったことがあって」

「気になったこと？」

「わたしの村に現れたあのシャドー・ドラゴン、なぜか人じゃなくて牛を襲ってたから、それが不思議だったなって」

「そう言われると、確かにそうだな」

いくら疲弊していたとはいえ、わざわざ牛だけを襲い、村民にはレオンハルトたちが来るまで手を出していなかった。

回復を早めたいのであれば、村民を襲っていてもいいはずなのだ。

「まあ、もう終わったことだ。あー、久しぶりに本を読んだから肩が凝ったな」

いくら考えたところで、確かめる術もない。

レオンハルトは首を鳴らし、両腕をぐっと上に伸ばす。

「もういいの？」

「ああ。調べたいことは調べられたからな」

レオンハルトが頷くと、見計らったようにシルヴィアとミアがやって来る。

「お腹が減ったのだぁ〜……」

言葉を態度で表わすように、ミアのお腹が「くぅー」と空腹を訴える。

時刻は昼になっており、ミアがお腹を空かせるもの当然だった。

「もうこんな時間か。ミア、なにが食べたい？」

「肉っ！」

「じゃあ、肉料理を食べに行くか」

「やたっ！」

よほど空腹だったのだろう。ミアは喜びを全身で表わすと、一人で先に行ってしまう。

そんなミアの後を、シルヴィアが慌てて追い掛けるのだった。

「俺たちも行くか」

「うん」

ミアはシルヴィアに任せておけば心配いらないだろう。

そう判断して、先に行ってしまった二人の後を追って歩き出す。

「レオくんたちのお城って、結構アットホームなの？」

「そう見えたか？」

「もっとこう、硬いイメージがあったから。上下関係というか、主従というか」

シャルは身振り手振りを交え、自分の想像をレオンハルトに伝えようとする。

「俺たちに絶対的な上下関係はないよ」

「そうなの？」

「ああ。大所帯になり始めたとき、シルヴィアの提案で命令系統を一本化するために、形式的な上下関係はできたけどな」

有事の際に混乱しないための配慮であり、基本的にレオンハルトたちは対等な関係だ。

シルヴィアのように、レオンハルトを頂点に考える者が多いのも確かだったが。

そんなやり取りをしながら歩いていると、レオンハルトたちは図書館の出入り口へ到着する。

そこでは、先行していたミアとシルヴィアが待っていた。

「さて、どこの店に行くか……」

「ギルドじゃないの？」

「せっかく散策してるからな。どこかに入ってみるのもいいんじゃないか？」

「あ、そうだよね」

ギルドでも肉料理は食べられるが、街の店に行ってみるのも一興だろう。

シャルは納得といった顔をした。

すると、鼻をスンスン鳴らしていたミアが、

「あっちからいい匂いがするのだ！」

「匂い？」

ミアに倣うように、レオンハルトも鼻で空気を吸ってみる。

確かにミアの言葉通り、どこからか食欲を誘う香ばしい匂いが流れてきていた。

「これは……チーズ、かな？」

「ええ、恐らく。この街はチーズとワインが美味しいらしいので」

シャルが匂いの当たりを付けると、シルヴィアがそれを肯定した。

「行ってみるか？」

「うむっ！」

ミアの鼻を頼りに、レオンハルトたちはまだ見ぬ店へと繰り出すのだった。

そうしてやって来たのは、大通りに並ぶ店の一つ。

レオンハルトが店の扉を開けて中へ入ると、一目で繁盛しているのがわかる客の数だった。

昼時ということもあって、店内の席はほとんど埋まっていた。

店の入口で立ち止まっていると、給仕の娘がレオンハルトたちに気付いて声を掛けてくる。

「いらっしゃいませ、何名様でしょうか？」

「四人だけど、大丈夫そうか？」

「四名様ですね。えっと……あ、一つ空きがありましたので、こちらへどうぞ」

給仕たちが慌ただしく行き交う中、レオンハルトたちは唯一空いていたテーブルへ案内される。

給仕から店のメニュー表を渡され、四人はなにを注文しようかと視線を落とす。

「さて、どれにするか……」

この店は肉料理を主なメニューにしており、名前だけでどれもが美味しそうだと思わせてくる。

「これなんか、いいんじゃない？」

そう言ってシャルが指差したのは、『当店の一番人気！』と書かれたメニューだった。

「確かに、ちょっと気になるな」

「だよねだよね」

これだけ堂々と『一番人気』と書くからには、よほど売れている品なのだろう。

よくある『期間限定』と同じように、人類の好奇心を刺激してくる。

「それよりも、ミアは早く食べたいぞ！」

我慢の限界が近いミアに急かされて、レオンハルトたちは『一番人気』の品を四人分注文した。

注文から数十分後。四人の前には、食欲を誘う匂いを湯気と共に放つ豚肉が置かれていた。

丸々とした豚肉には、とろっと溶けた黄色いチーズがふんだんに掛けられており、脂とスパイスとチーズの香りが鼻腔（びくう）をくすぐる。

「おぉー！　食べていいのか？」

「ああ、食べていいぞ」

待ちきれないとばかりにうずうずしていたミアに、レオンハルトは頷きながらナイフとフォークを手に取った。

四人は「いただきます」と言ってから、一口サイズにした豚肉を口に運んだ。

「あ、すごく美味しい！」

「ええ……少し驚きました。絶品とはこういうものを言うのでしょうね」

たった一口だけで、シャルとシルヴィアがその味を絶賛する。

他ならぬレオンハルトも、少なからず驚いていた。

豚肉は硬くなりすぎない程度に外側が焼かれ、内側は柔らかくも仄(ほの)かな弾力がある。その豚肉に掛けられたまろやかな甘さのチーズと、舌をわずかに刺激してくる香辛料のバランスがよい。

「これは、ワインと合いますね」

シルヴィアは一緒に注文していた赤ワインで口を潤す。

「ワインって美味しいの？」

「人によるとは思いますが……飲んでみますか？」

シルヴィアはグラスにワインを注ぎ、シャルへと差し出した。

「そういえば、シャルはお酒を飲んだことあるのか？」

「ううん、ないよ。もう十六歳だから、お酒は飲めるんだけどね」

コンコルディア王国は十五歳で成人となり、酒やたばこなども十五歳からだ。

シャルは手にしたワインの香りを恐る恐る嗅ぐと、その香りが気に入ったのか、表情を明るくする。

そしていざ、ワインを口に入れると――

「…………」

眉間に皺を寄せ、なんとも言えない表情を作った。

「なんか、すごく渋かったよ……」

「見事なまでの百面相でしたね」

シャルからグラスを戻されたシルヴィアは、同情するような微笑を浮かべた。

「お酒ってこんな味なんだね」

「まあ、赤ワインは無理でも、シードルとかなら飲みやすいと思いますよ」

「そっか。じゃあ、今度飲んでみようかな」

赤ワインには独特の渋みがあるが、リンゴのお酒であるシードルは比較的飲みやすい。

「あと飲みやすいものだと、アイスワインなどでしょうか？」

「アイスワイン？」

「ええ。かなり甘いワインで飲みやすいですよ。値段が高いですけどね」

アイスワインは、レオンハルトの前世にも存在した。

前世でも値段の高いお酒であったが、誰でも手が出せる程度に値段の安い品もあった。

しかしこの世界、この時代では、その生産方法と流通の問題から、庶民にとっては気軽に手が出せる代物ではなかった。

シャルとシルヴィアがお酒のことで話に花を咲かせる一方で、ミアは食べ始めてからずっと肉にがっついていた。

「あむあむあむっ！」

「あ、こら！　お行儀が悪いですよ、ミア」

がっつくミアに、シルヴィアが注意する。

ミアの性格的に、なにか言い返してもおかしくなかった。

しかし、リスのように頬を膨らませたミアは、口に物を入れている状態なので喋らない。

これも、シルヴィアの教育の賜だった。

「ずいぶん賑やかになったね」

「そうだな」

シャルが微笑ましそうに口にする。

その言葉に、レオンハルトは水を飲みながら同意した。

「けど、俺は好きだよ。こういうの」

友人と食事に行き、ただ笑い合う。

たったそれだけのことが、レオンハルトには愛おしかった。

懐かしくも色褪(いろあ)せることのない思い出の光景が、目の前の光景と重なり映る。

「そっか。よかったね」

「ああ」

笑みを向けてくるシャルに頷きながら、レオンハルトはここにはいない少女を思う。

（おまえがここにいたら、どんな顔をするのかな）

かつてのように、たった二人だけではない。

病院食のように、味気ない料理ではない。

もしも彼女がここにいたら、どんな顔をするのだろうか——

それは、考えるまでもないことだった。

† † †

「あー……、いい湯だ」

白い湯気が立ち込める、広々とした白亜の空間。

そこでレオンハルトは、少し熱いと感じる温度のお湯に浸かりながら独りごちた。

レオンハルトが今いるのは、街にある公衆浴場だ。

昼食を終えた後、四人は夕方まで街を歩き回った。その最後の締めとして、お風呂で一日の疲れを取ろうということになったのである。

　タイミングがよかったのか、男湯にはレオンハルトしかいない。

（貸し切り状態っていいな）

　大きなお風呂を独り占めしているという、なんとも庶民的な優越感に浸るレオンハルト。

　湯船に肩まで浸かってのびのびとしている彼の耳に、隣の女湯からシャルたちの声が反響して聞こえてくる。

　ここの公衆浴場は、高い壁によって男湯と女湯が分かれている。しかし、その壁は天井まで届いていない。

　天井から数メートルのところには空間があり、そこから音が届くのだ。

「お風呂なのだー！」

「あ、ミアちゃん！　走ったら転んじゃうよっ」

「ミア、髪を洗ってあげますから、そこで大人しくしていてください」

「はいなのだー！」

「ミアちゃんの髪って、やっぱりきれいだよねー」

「そうなのか？」

「金色でサラサラだもん。すごくきれいだよ」

「シャルだってサラサラだぞ？　それにおっぱいも大きいのだ」

「ひゃっ⁉　ミ、ミアちゃんっ、そんな……触っちゃ、あんっ」

「……そうなんですよね。シャルさん、私より大きいんですよね」

「シルヴィアさんだって大きいでしょ⁉」

「確かに私もそれなりではありますが、やはりシャルさんのほうが大きいです」

「それに、すっごく柔らかくて気持ちいいのだぞ」

「……ちょっと触らせてもらっていいですか？」

「シルヴィアさんまで⁉」

「なるほど、これは確かに……人間と妖精という違いはありますが、ここまで変わるものなのでしょうか？」

「やっ、だめ……二人して、そんなっ、ふぁあっ⁉」

いったい、なにをされているのだろうか。

やや艶のあるシャルの声が、浴場内に響き渡る。

（なにをやってるんだ、あいつらは……いかんいかん、変なことは考えるな）

注意しようかとも思ったが、そうすると変なことを考えていたのがバレてしまう。

仕方ないので、煩悩を退散させるべく、瞼を閉じて精神を落ち着かせる。

（無だ、無になるんだ俺！）

そんな風にレオンハルトがやましい想像を抑えていると、

「へーいかー♪」

頭上からミアの声が届く。

(ん？　ちょっと待て。頭上から？)

疑問を覚えたレオンハルトは瞼を開け、声がしたほうへと目を向けた。

そこには、生まれたままの姿で大の字になっているミアの姿が。

「おいいいいいいいいっ!?」

恐らく、天井付近のスペースを利用して、男湯と女湯を遮る壁を飛び越えたのだろう。

いくら魔力の身体能力超化があるとはいえ、一般人が六メートルはあるであろう壁を飛び越えるなど不可能だ。

しかし、ミアのような高位位階の到達者には、六メートルの壁を飛び越えるなど造作もない。

あまりに予想の埒外。さしものレオンハルトも、叫ぶことしかできなかった。

ミアは大の字のまま自由落下へと移り、瞬く間にレオンハルトへと迫る。

そして、お湯が激しく飛び散る音と共にミアが着水した。

「へーか、一緒に入ろ♪」

あの高さから落下したミアだったが、当の彼女に痛がる様子や怪我をした気配は見受けられなかった。

それもそのはず。ミアの背中からは、コウモリめいた黒い翼が広がっていたのだ。

「飛行魔法で勢いを殺したのか……」

ミアの背中にある黒い翼は、第五位階の〈浮遊滑翔術（フロート・グライド）〉という魔法によるものだ。

「うむ、上手くいったな！」

「というか、初めから飛行魔法を使えばよかったじゃないか……」

「おぉ！」

その手があったか、と言わんばかりの顔をするミア。

レオンハルトは安堵（あんど）や呆（あき）れ、疲れなどの感情がない交ぜになった溜息（ためいき）を吐く。

「というか、せめてタオルで隠せ」

「ミアは別に恥ずかしくないぞ？」

「恥じらいは持とうな？」

レオンハルトがそう言ったところで、女湯のほうからシルヴィアの慌てた声が届く。

「ミア！　貴女、なにをしてるんですか⁉」

「へーかとお風呂に入りたかっただけだぞ？」

「ここは公共のお風呂です！　城のお風呂じゃないんですよ！」

シルヴィアの一言に、壁の向こうで「お城では一緒に入ってたの⁉」とシャルが驚いていた。

「とにかく、戻ってきてください」

「むぅ……。仕方ないのだ」

ミアは不服そうに頬を膨らませたが、シルヴィアの言葉を渋々受け入れる。

「ではな、へーか」

「ああ、うん……」

手を振ってくるミアに手を振り返し、飛行魔法で女湯へと戻るミアを見送る。

そうして再び一人になったレオンハルトは、重い溜息と共に湯船へ体を沈めたのだった。


「まったく……もう少し場所を考えて行動してください、ミア」

シルヴィアはミアの髪の毛を洗いながら叱る。

「貴女も女の子なのですから、少しは慎みというものを持ったほうがいいですよ」

「シルヴィの言うことは、よくわからないのだ……」

「あまり非常識な行動はしないように、ということです。いいですね?」

「はーい」

シルヴィアの言い含めるような言葉に、ミアは口を尖らせながら不承不承といった返事をする。

その光景を見て、一足先に湯船へ入っていたシャルが微笑んだ。

「なんだか、二人って本当の姉妹みたいだよね」

「そうですか？」

シルヴィアは手を止めて、彼女にしては珍しいきょとんとした表情で尋ね返した。

その顔がどことなくミアに似ていて、シャルは笑顔で首肯する。

「うん。シルヴィアさん、ずっとミアちゃんのことを気に掛けてるもん」

シャルの目には、奔放な妹から目が離せない姉のように映っていた。

彼女自身、グローア村にいた頃はマヤによく世話を焼かれていた。

そういった経験があるからか、自然とシルヴィアとミアが姉妹のように感じたのだ。

「人によっては、お母さんと娘に見えるかも？」

「この歳で、こんな大きな娘を持った覚えはありませんけどね」

シャルの冗談に、シルヴィアは困ったような微笑で返す。

「シルヴィアさんっていくつなの？」

「シャルさんの一つ上、十七歳ですよ」

シルヴィアが答えると、ミアが「ミアは十歳だ！」と言った。

「あー……確かに、十七歳でミアちゃんみたいな子供がいるのはちょっとあれだね」

仮にミアがシルヴィアの子供だとしたら、いったい、いくつで産んだんだという話だ。

「まあ、姉妹に見えるというのも、然もあらんことかもしれませんね」

「そうなの？」

「私とミアが出会ってから、恐らく私が一番ミアの傍にいたでしょうから」

「うむ、シルヴィとは毎日一緒だったな」

ミアは腕を組んで、自信満々に肯定した。

「シャルさんには、ご兄弟はいらっしゃらなかったのですか？」

「うん、わたし一人っ子だったから。村にいた友だちが姉妹みたいな感じだったけど」

シャルはそう言うと、微かに憂いを帯びた瞳で呟いた。

「今はどこで、なにしてるのかな……」

「シャルさん？　なにか言いましたか？」

「あ、ううんっ！　なんでもないよ」

シルヴィアの声にはっとなり、シャルは手を振って話を逸らす。

「そういえば、シルヴィアさんたちはいつ、レオくんと知り合ったの？」

「各々で多少前後しますが、私はもう四年前になりますね」

「四年も経ってるんだ？」

「ええ。四年前、私たちはレオン様に救われたんです」

シルヴィアは過去を思い返すように語り始める。

「当時、私たちは様々な危機的状況にありました。力を得たゆえに、力を暴走させていた者。危険分子として、王国騎士に追われていた者。置かれていた状況に差異はありますが、誰もが命の危機にありました。かくいう私も、その一人です」

「そこを、レオくんに助けられた？」

「はい。私もミアも、レオン様に助けられました」

懐かしむように口元をほころばせ、シルヴィアは続きを語る。

「実を言うと、私はレオン様と初めてお会いしたとき、恐怖しました。なにせ、神話の『魔王』と同じ強大な力を持つ者が現れたのですから」

当時の恐怖を思い出しているのか、シルヴィアの声はわずかに硬くなっていた。

けれど、それも一瞬のこと。

「しかし、同じくあのときに、私たちはレオン様が優しいお方であることを知りました。だから、私たちはレオン様を慕い、付き従うことを決めたのです」

シルヴィアの声音は、紡がれた言葉以上に彼女の想いを雄弁に語っていた。

それから一転、シルヴィアは冗談めかした口調で、

「まあ、レオン様と敵対したら、命がないと思ったのもありますが」

「そ、そんなに？」

「ミアもへーかと戦ったことがあるが、二度と戦いたくないのだ……」

そう言ったミアは、彼女にしては珍しく少しげんなりした顔をする。

「ええ。本当に、凄まじかったですよね」

「いったい、なにがあったの……」

二人の様子に、シャルの心中で恐怖と困惑が混ざり合う。

「命の危機にあった私たちを助けてくださったのですが、その……方法が少し——いえ、かなりの荒療治でして……。仕方がなかったとはわかっているんですが……」

それとこれとは別。そう言うかのように、シルヴィアの声には複雑な心中が滲んでいた。

「こう言ったら失礼だけど、シルヴィアさんたちみたいな出会い方じゃなくてよかったかな」

「シャルさんなら、私たちと違ってレオン様と戦えるのではありませんか？」

「いやいや、絶対に無理だよっ」

「そうですか？　しかし、お二人が戦ったらどちらが勝つのでしょうね」

「わたしが普通に負けると思うけどなぁ」

「そうとは限りませんよ。なにせ、最強の矛と盾ですから」

「ミアはへーかが勝つと思うのだ！」

「では、私はシャルさんに一票ということで」

「そもそも、わたしとレオくんが戦うことなんてないだろうけどね」

ミアとシルヴィアのやり取りに、シャルは困ったように苦笑した。

そんなシャルに、今度はシルヴィアが質問する。

「シャルさんは、なにがきっかけでレオン様と？」

「わたし？　わたしは、水浴びしてたところをレオくんに見られて……」

「水浴びしてたところを見られて？」

「あっ……」

口を滑らせた。

シャルはそのことに気付くが、すべては後の祭りだった。

「ち、違うよ⁉　事故だから！」

「見られただけですか？」

「えっ？　いや、そのあと、おっぱいを触られたりもしたけど……」

「おっぱいを触られた？」

「あっ……。ち、違うから！　これも事故だからぁ！」

またも失言してしまったシャルは、顔を真っ赤にしながら弁明するのだった。

† † †

「──きて、──くん！」

体を揺さぶられる感覚に、レオンハルトは沈んでいた眠りから覚醒する。

鮮明になっていく聴覚に声が届き、寝ぼけ眼に少女の顔が映り込む。

「起きてっ、レオくん！」

「シャル……？」

目覚めを促すシャルは、どうしてか切羽詰まった様子で眉を下げていた。

「どうかしたのか？」

「街の様子が変なの！」

「街？」

シャルは窓の外を指で示す。

レオンハルトは怪訝そうに眉を持ち上げ、ベッドから降りて窓際へ行く。

日は昇っているのだろうが、生憎と空は厚い灰色の雲に覆われている。街の中には霧が漂い、見渡せる範囲を大きく狭めていた。

ぱっと見では、なにもおかしなところはないように思える。

しかし、レオンハルトは表情を険しくした。

「シャル、今は何時だ？」

「もう九時を過ぎてる。なのに――」

「静かすぎる」

シャルが〝街の様子が変〟と言った理由はここにある。

すでに日が昇り、誰もが働き出していてもいい時間帯になっている。

にも拘わらず、街は眠ったように静まり返っていた。

いくら霧が濃いからと言っても、道に誰一人として歩いている姿がないのはおかしい。

暗澹（あんたん）とした空気を肌に感じる。

「いつからこうなってた？」

「わからない。わたしが起きたときには、もうこうなってたから」

シャルが異変に気付いてから、そう時間は経っていないのだろう。彼女も事態の全容を把握できていないようだった。

「なら、まずは外に出て状況を確認しよう」

「うん、そうだね」

二人が行動に移ろうとした矢先、弱々しい小さな音で部屋のドアがノックされた。

レオンハルトとシャルが微かに警戒した面持ちで顔を見合わせる。

街がこんな状態になっている中では、なにが起こるかわからない。

じっとドアを見つめていると、再び弱々しいノックが響く。

レオンハルトが体を臨戦態勢にすると、シャルも《アリス・マギア》を喚び出す。

ゆっくりとレオンハルトがドアに近づき、鍵を開けてドアノブを捻る。

わずかに開けたドアの隙間から外を見れば、そこにはミアを背負ったシルヴィアがいた。

「――っ、シルヴィア！」

「よか、った……お二人は……無事、だったん……ですね」

ドアを開け放つと、シルヴィアは安堵した表情を浮かべる。

部屋の前に立つシルヴィアを見て、シャルが血相を変えて近寄る。

「どうしたの⁉　すごく顔色が悪いよ⁉」

シルヴィアの顔は蒼白（そうはく）で、彼女が背負っているミアも同じ状態だった。

「レオン、様……街が――」

何かを言おうとした刹那、シルヴィアの膝から力が抜ける。

咄嗟（とっさ）にシャルがシルヴィアの体を支え、ミアをレオンハルトが受け止めた。

「とりあえず、ベッドに」

「わかった」

シャルはレオンハルトの指示に頷き、シルヴィアの体をベッドに横たえる。

その隣にミアを寝かせ、毛布を二人の上に被せた。

「シャル、二人を治癒魔法で治せないか？」

「……たぶん、無理だと思う。これ、怪我や病気じゃないみたいなの」

シャルはシルヴィアの額や頬に手を当てて答えた。

「冷たい……」

シャルが呟いた一言に、レオンハルトもミアの頬に触れて確かめる。

「ミアも同じだ」

二人とも血色が悪く、手から伝わる体温は冷たい。

つまり、これは衰弱。

毒などによるものなら解毒魔法で対処できるが、どうやら今回はそういった類ではない。

それでも念のため、シャルは治癒魔法を使う。シルヴィアとミアを緑色の魔力光が包むも、シャルは眉尻を下げて首を横に振る。

「ダメ、全然効果がない」

シャルの力でも、二人を回復させることはできないらしい。

すると、シルヴィアがわずかに瞼を持ち上げ、レオンハルトのほうを見た。

「レオン、様……」

「無理に喋らなくていい。今は安静に――」

「街の中心に、塔が」

「塔?」

　レオンハルトには意味がわからず、シャルに目だけで尋ねるも首を横に振る。

「来る途中に、何人か……倒れている街の人を見ました。私の体感ですが、塔に、命が吸われているのではないか、と……」

「塔に命が吸われてる?」

　妖精と吸血鬼。どちらも生命維持に魔力を要する種族だ。

　生命力の大幅な減衰によって魔力を大量に消費したことで、急激な衰弱が引き起こされたのだ。

「お二人とも、どうか……お気を付けて」

　最後にそう言い残して、シルヴィアはゆっくりと瞼を伏せる。

　やがて微かに胸を上下させ、小さな寝息を立て始めた。

「ひとまず、外を見に行こう」

「そうだね。街がどうなってるのかを確かめないと」

　ただ事でないことはすでに明白だ。

シルヴィアとミアがこんな状態になっている中、なにもしないわけにはいかなかった。

急いで着替え、部屋を後にするレオンハルトとシャル。

宿屋の一階では受付の少女が倒れ、飲み明かしていたのであろう宿泊客がテーブルに突っ伏している。

外に出れば、他の建物でも同じように誰も彼もが倒れていた。

シルヴィアたちほど衰弱している者は少ないが、街全体で人が気を失っているであろうことは容易に想像できた。

「レオくん、アレ……」

震えた声でシャルが指差したのは街の中心。

漂う霧がうっすらと裂けた瞬間に見えたのは、昨日までは存在しなかった高い塔。

いつの間にか現れたそれが、屹然(きつぜん)とそびえ立っていたのである。

「アレが原因か」

「あの塔、もしかして〈反魂楼(アナスタシス)〉の魔法なんじゃ……」

「知ってるのか？」

「禁術の一つだよ。死者蘇生(そせい)のね」

〈反魂楼〉――それは、死した者を蘇(よみがえ)らせる復活の魔法。

一人を復活させるために、代償として数十、数百以上の命が必要になる。

捧げる命が多ければ多いほど、死した者をより完全な形で復活させることができるのだ。

「それじゃあ、誰かがこの街を使って、なにかを復活させるつもりなのか⁉」

「――ええ、そうよ」

突如、聞き知らぬ声が相槌を打つ。

声のしたほうに二人が目をやると、霧の向こうから一人の少女が現れる。

ウェーブのかかった長い赤茶色の髪。強い情念を感じさせる琥珀色の瞳を持ち、左手に神秘的な藍色の三つ叉の槍を携えた少女。

「久しぶりね、シャル。会いたかったわ。ええ、本当に」

「ヘレナ……」

驚愕するシャルを見て、ヘレナと呼ばれた少女は嗜虐的な笑みを浮かべたのだった。

第四章　魔王の王道

五年前。これはまだ、シャルがグローア村にいた頃のこと。

そして、魔物に両親を奪われた数日後のことだ。

幼いシャルは一人、村の北にある雑木林の泉のほとりで、膝を抱えて座っていた。

彼女の目尻には、涙が溜まっている。

口はなにかを堪えるようにきゅっと結ばれ、膝を抱く腕に力が籠もる。

そんなシャルの背後から、草葉を割って近づく足音が一つ。

闖入者はシャルの姿を見つけると、

「ああ、いたいた。やっぱりここだったのね」

シャルは耳朶を打つ声に肩を揺らし、慌てて目尻の涙を手の甲で拭う。

それから自分の肩越しに、声を掛けてきた者のほうへ振り向いた。

「……ヘレナ」

「こんなところで、なに一人でめそめそしてんのよ」

「め、めそめそなんかしてないもん……」

「あら、そ」

ヘレナは雑に相槌を打ち、シャルの隣に腰を下ろした。

それから二人の間には沈黙だけが漂い、シャルは居心地が悪くなってくる。

「……なにか用？」

「べつに。用っていうほどのことはないわよ」

シャルが横目でヘレナの顔を窺いながら尋ねると、ヘレナは顔を泉に向けたまま答えた。

用がないなら一人にしてほしい。

シャルはそう思ったものの、口に出すのは感じが悪い気がして言葉にできない。

どうしたものか。いっそ、自分がここから離れてしまおうか。

誰かといることがいたたまれず、シャルは逡巡しながら思案した。

すると、ヘレナは堪えかねたように大きく溜息を吐く。

「はぁ……」

「な、なんでいきなり溜息……？」

「あんたのバカさ加減に呆れたからに決まってるでしょ」

突然、謂われのない誹りを受けて、シャルはわけがわからず困惑した。

「あぁ、もうっ」

ヘレナは苛立った様子でシャルの顔を両手で挟むと、強引に自分と目を合わせる。

急なことにシャルは「うぐっ」と呻くが、ヘレナはお構いなしといった様子。

目をぱちくりさせるシャルを、ヘレナはしばし無言でじっと見つめ——

「目、赤いわよ」

「……っ」

シャルははっとなって、ヘレナの手を振り払う。

ヘレナも抵抗することはなく、シャルの顔をあっさりと解放した。

背を向けるシャルの態度に、ヘレナは仕方がないとばかりに鼻を鳴らす。

「ほんと、あんたはバカ」

今までとは打って変わって、そう口にするヘレナの声はどこか優しかった。

「大人たちが村の立て直しに忙しいから、自分が泣いて迷惑かけるわけにはいかない……

どうせ、そんな感じのことを思ったんでしょ？」

「……そんなこと」

「ないって言える？　それが嘘じゃないって、あたしを見て言える？」

「…………」

ヘレナの問いにシャルは答えない。答えられない。

「ま、あんたの気持ちもわからなくはないわ。村のみんなが慌ただしいんだもの。子供なりに、迷惑をかけないようにって思うわよね」

子供というのは存外、大人たちのことをよく見ている。

ある程度物心がついた年頃の子供なら、大人たちに迷惑をかけないようにと気を遣う。

それは、シャルも同じだった。

日常の中であればまだしも、死者が出るほどの非常時ではなおのこと。

すでに彼女の両親は手厚く埋葬され、村人全員に惜しまれながら事を終えた。

だからこれ以上、みんなの手間を取らせるわけにはいかない。

自分が泣いて、迷惑をかけるわけにはいかない。

シャルは幼心にそう考えて、未だ収まらぬ悲しみを胸の奥へと抑え込んだ。

「だからこそ、あんたはバカ。すっごいバカ」

「……さっきから、ひどいよ」

「でも、事実でしょ」

シャルの声が微かに震えていたことは気に留めず、ヘレナは変わらぬ口調で言った。

「どうしようもないくらいバカで、どうしようもないくらい……すっごく強い」

「わたし、強くなんてない……」

「十分強いわよ。でも、その強さは心を磨り減らす。だから今くらい、休みなさい」

ヘレナはそう言って、シャルと背中合わせになるように座り直す。

とん、と。二人の背中が微かに触れ合う。

「なんで、そんなに優しいの？」

「そんなの、友だちだからに決まってるでしょ」

「いつもは優しくないのに……」

「おい、こら。その一言、どう考えてもいらなかったでしょ」

シャルの一言に、ヘレナは眉をぴくぴくさせる。

「いいわよ、わかったわよ。あたしは優しくないから、対価を要求するわ」

「あう……」

うっかりこぼしてしまった失言に、シャルは悲しみとは別の意味で泣きたくなった。

そんなシャルの内心を知ってか知らずか、ヘレナはその対価を口にする。

「一つ、約束しましょ」

「約束？」

「そ。二人だけの約束。誰かに言ったら許さないからねっ」

そう言ってヘレナが求めたのは、とても簡単なことだった。

† † †

「なに驚いてんのよ。せっかくの再会なんだから、もう少し嬉しそうにしてほしいわね」

シャルの驚いた顔を見て、ヘレナは悪意の滲む笑みを浮かべながら言った。

シャルとしても、再会を喜びたい思いはあった。街がこんな状況でなければ、だが。

「なんで、ヘレナがこの街に……」

戸惑いの色を顔に浮かべ、シャルは尋ねた。

するとヘレナは、なんてことはないとばかりに肩をすくめる。

「そんなの、この街でアモルヴィアを復活させるためよ。見ればわかるでしょ？」

魔性母神アモルヴィア——神々の一柱にして、魔物という厄災を地上に生み出した存在。

これまで、魔物によって数々の悲劇が引き起こされてきた。それはヘレナも知っているはずだ。

そのうえで、臆面もなく悲劇の根源たる存在を復活させると言ったのだ。

「でも、復活させるにはその人の体の一部が必要なはずだよ！　アモルヴィアは三千年前の存在で、体の一部なんか残ってるわけない！」

「残念だけど、それがあるのよ。血紅石っていう一部がね」

血紅石。ルビーのように紅く、魔力を宿した石だ。

「神話ではアモルヴィアが『魔王』に滅ぼされた際、地上に紅き星が降り注いだとされる」

「まさか……」

「血紅石は結晶化したアモルヴィアの心臓——その欠片なの」

「——っ⁉」

「わかった？　これでアモルヴィアは間違いなく復活させられる」

「なんでそんなことをッ」

「それは、あたしが『アルカナム』の一員だからよ」

ヘレナは右手を持ち上げると、レオンハルトたちに手の甲を見せる。

そこには、禍々しい王冠をイメージさせる紋章が刻まれていた。

テロ組織『アルカナム』。大陸全土で暗躍し、国家転覆を目論んでいるとされる集団だ。

「じゃあ、この〈反魂楼(アナスタシス)〉の魔法は……」

「あたしがやったわ。この街にいる人間の命を使って、アモルヴィアを復活させるためにね」

ヘレナが躊躇(ためら)いなく語ると、シャルは愕然(がくぜん)とした表情でたじろぐ。

そんなシャルの様子にヘレナは口角を上げ、さらに追い打ちをかけるように言葉を紡ぐ。

「ま、それは目的の半分。『アルカナム』の一人としての仕事ね」

「半分？」

「ええ、そう。あくまで半分。それじゃあもう半分の目的がなにか、知りたい？」

面白がるような意地の悪い笑みで問い掛けるヘレナ。

シャルは首を縦にも横にも振れず、突然のことに立ち尽くす。

彼女の答えなど端からどうでもいいのだろう。ヘレナはシャルの返答を待たずして、もう半分の目的を口にした。

「――あんたへの復讐よ」

浮かべていた笑みは鳴りを潜め、一瞬で極低温下の冷たい容貌を成す。

シャルに向けられる視線は射抜くようであり、凍て付く炯眼の奥には憎悪が揺れている。

人を視線で殺すことができたなら、この瞬間にシャルの命は奪われていただろう。

そう思わせるほどに、ヘレナから発せられる殺意は鋭利であった。

「復、讐……？」

「そ。あんたへの復讐が、あたしのもう半分の目的」

告げて、ヘレナは左手に持っていた槍の穂先をシャルに向ける。

シャルはヘレナに言われたことが信じられないのか、ただ驚いた顔で呆然としていた。

レオンハルトが慌てて割って入ろうとしたところで、

「……なんてね」

ヘレナは嘲笑を浮かべて槍を下ろした。

「今ここであんたを殺すようなことはしないわ。そんなやり方じゃ、あたしの復讐は遂げられないもの」

ヘレナは身を翻すと、自身の肩越しにシャルを見る。

「この街の住人を救いたいなら、あたしを殺すことね。あたしはあの塔の下で待ってる。来なくてもいいけど、その場合は住人が全員死んで、アモルヴィアが復活するだけよ」

シャルは聞いているのかいないのか、なに一つとして反応を示さない。

ヘレナはつまらなさそうに鼻を鳴らし、塔に向かって歩き出す。

「それじゃ、待ってるわよ」

「待て」

言うだけ言って立ち去ろうとするヘレナをレオンハルトが呼び止めた。

ヘレナは足を止め、顔だけをレオンハルトに向ける。

「なにかしら？」

「さっき、シャルに復讐することが目的だって言ったな」

「ええ。それがなに？」

「おまえはシャルになにをされたんだ？　シャルが恨みを買うようなことをするとは、俺には思えない」

レオンハルトの知るシャルは、他者を想える優しい少女だ。

そんな彼女が誰かに憎まれるなど、到底信じられることではなかった。

「殺されたのよ」

「……殺され、た？」

「そこにいるシャルのせいで、あたしのパパとママは死んだのよ」

「──っ」

冷たく言い放たれた言葉に、シャルがびくッと肩を震わせた。

質問に答えたヘレナは、今度こそ二人から離れていく。

レオンハルトがなにかを言う間もなく、忽然(こつぜん)とヘレナの姿が視界から消える。

（《隠匿(インビジブル)》の『天稟(ギフト)』か）

自身の存在を他者に認識させないようにする能力──それが《隠匿》だ。

この《隠匿》は姿だけでなく、足音や視線といった気配まで隠すことができる。

こうなってしまっては、もうヘレナを追跡することは不可能だ。

もっとも、今回は追う必要がない。

ヘレナ自身が宣言していたように、彼女はまず間違いなく塔の下にいるからだ。

それよりも、気がかりなのはシャルのほうだった。

突然のことに、シャルはかなり動揺していた。短時間の内に多大な心労を負ったはずだ。

シャルのほうに目を向けようとした刹那、金属が石畳に跳ねる音が響く。

レオンハルトがそちらを向くと、地面に《アリス・マギア》が転がり、シャルがぺたんとへたり込んでいた。

「シャルッ⁉」

「だ、大丈夫……ちょっと、足から力が抜けちゃっただけだから」

力なく笑うシャルの顔色は、血の気が失せたように白い。

その様子から、よほどショックだったのであろうことがわかる。

「無理はしなくていいよ。今は休め」

「ごめんね……」

「気にするな。それより……」

レオンハルトは一瞬、言葉の続きを口にすることを躊躇った。

「……さっきのは、わたしの友だちだった娘だよ」

レオンハルトの気遣いを察して、シャルは自分から語った。

「以前、村にいた頃に友だちがいたって話したでしょ？」

「ああ。それじゃあ、さっきのが……」

「うん。わたしにとって、一番の親友だった娘。名前はヘレナ・ベルッ」

「あの娘はシャルに両親を殺されたって言ってたけど、あれはどういうことなんだ？」

まさかシャルが、本当にヘレナの両親を手に掛けたわけではないだろう。

しかし当のシャルは、思い詰めた表情で言った。

「ヘレナの言ってたことは、あながち間違いじゃないの」

「……なにがあったんだ？」

「ヘレナのご両親は山菜採りが趣味の人たちだったの。だけどあるとき、山で魔物に襲われたってマヤさんから聞いた」

「でも、それはシャルのせいじゃないだろ？」

レオンハルトがそう言うと、シャルは首を横に振って否定した。

「ご両親は幸い、そのときに命を落とすことはなかった。でも、襲われたときに魔物に噛み付かれて、毒が体の中に入り込んだの」

魔物が持つ毒は猛毒だ。即効性のものから遅効性のものまで、例外なく猛威を振るう。

この毒を解毒するには、薬師がいくつもの薬草を使って調合した解毒薬がいる。

けれど、魔物の毒に対する解毒薬はこの世界では高価なものだ。

魔物退治を稼業にしている冒険者でも、買える者はそう多くないのが実情だ。

資金の乏しい小さな村に、そんな高価なものがあるはずもない。

「それじゃあ、その毒であの娘の両親が？」

「うん。打つ手もないまま、苦しみながら亡くなったって。それが、二年前のこと」

「二年前……まさかっ」

「わたしが……一人で村を出た直後のことだったの」

魔物の毒を解毒する方法は、解毒薬以外にもう一つだけある。

それは、解毒魔法を使うこと。

解毒魔法は第三位階以上の魔法であり、使える者はあまり存在しない。

しかし、グローア村にはシャルがいた。二年前までは。

「ヘレナがわたしを恨むのも当然だよ……わたしは村にいることがいたたまれなくなって、自分勝手に村から逃げ出したんだから。わたしが村にいれば、ヘレナのご両親を救えた」

「それは間が悪かっただけだ。シャルのせいじゃない」

「そう、なんだけどね……」

シャルは自虐するように笑う。

そこでレオンハルトは、以前彼女が言っていたことを思い出す。

『たとえ「魔女」と罵られても、わたしは誰かのための道を歩みたい』

シャルは村のため、誰かのためにと、禁忌を犯した。

にも拘わらず、ヘレナの両親の件は、自分で掲げた錦の御旗を自ら放り捨てたようなものだ。

少なくともシャルにとっては、そういう形になってしまった。

彼女はとても優しいゆえに、間が悪かっただけの出来事にも自責の念を覚えてしまう。

「護るって、なんだろうね……わたしは、どうすればよかったのかな……」

シャルは拳を握り、弱々しい声で誰にともなく問い掛けた。

とても難しい問いだ。なにせ、答えなどないに等しいのだから。

答えを持っている者でも、それはその人にとっての答えでしかないのだ。

だからこそ、答えは自分で見つけなければならない。

借り物の答えでは、どうしたって自分の支柱にはならないからだ。

「俺は、シャルの問いに答えてやれない」

「そう、だよね……。ごめんね、こんなときに」

シャルは努めて明るい声で謝ると、ゆっくりと立ち上がった。

「今回のことは、わたしの責任だね。わたしの弱さが招いちゃったことだから」

「どうするつもりだ？」

「ヘレナを止めに行くよ。謝って許してくれるとは思わないけど……説得して止めないと、街の人だけじゃなくて、ヘレナまで死んじゃう」

〈反魂楼〉は術者の命をも供物として発動する人身供犠の魔法だ。

このまま放置すれば、術者であるヘレナ共々この街にいる者全員の命が散ることになる。

それはなんとしてでも阻止しなければならない。

「………」

「どうかした?」

「なんとなく、あの娘は謝ってほしいわけじゃないと思うんだ」

「それは、そうだろうけど……わたしへの怨みを晴らすのが目的なんだろうし」

「いや、そうじゃないんだ」

レオンハルトの言葉の意味がわからず、シャルは怪訝な顔で小首を傾げる。

ヘレナがシャルを恨んでいるのは事実で、復讐のために行動しているのも事実だ。

だが、レオンハルトには、それだけではないような気がしたのだ。

ヘレナの裡にある、もっと深い根源的な部分に起因する〝なにか〟が。

「……まあ、それはいいか」

「えっ、ちゃんと教えてくれないと気になるんだけど」

「俺自身、上手く言葉にできないんだよ。それにこれは、たぶんシャルがどうにかしないといけないことだ」

「わたしが？」

「ああ。きっとこれは、シャルにしかわからないことなんだよ」

「わたしにしか、わからない……」

ヘレナの目的がシャルである以上、レオンハルトが感じたものはシャルに起因するはず。

であれば、レオンハルトが入る余地はない。

「それなら、ますますヘレナと会って話さなきゃね」

「そうだな。けど、大丈夫か？　少し休んでからでも……」

先ほどまで、シャルはかなりのショックを受けていた。もう少し心を落ち着かせる時間が必要なはずだ。

けれどシャルは、気丈にも首を横に振る。

「そんな時間はないよ。後になればなるほど、時間的猶予がなくなっちゃう」

「それもそうだな。なら、行こうか」

「レオくんはどうするの？」

「シャルがあの娘の説得に回ってくれるから、俺はもう一つのほうに当たる」

レオンハルトの言う〝もう一つのほう〟とは、根本的な部分を叩くこと。

即ち——完全復活する前に、魔性母神アモルヴィアを討つことだ。

† † †

街の中心にある大広場は本来、祭りや神事の際に使われる場所だった。

しかし今、そこには大きく、そして高い塔がそびえ立っている。

その下、塔の出入り口となる場所の前で、ヘレナは近くの建物に背中を預けていた。

ヘレナはレオンハルトたちに気付くと、立ち塞がるようにして二人の正面に陣取る。

「あら、意外と早かったわね。あの様子だと、しばらくは迷うかと思ったのだけど」

嘲る口調で言葉を紡ぐヘレナに、シャルは親友のことをまっすぐ見て口を開く。

「悠長にしてる場合じゃないからね」

「……ほんと、あんたは強い」

ヘレナは忌むような、羨むような、複雑な微笑を薄く浮かべた。

しかし、それも一瞬のこと。

浮かべられていた微笑は、瞬く間にシャルを玩弄する悪辣な笑みへと変わる。

「なら、あたしを殺す覚悟もできたのかしら？」

アモルヴィアの復活を阻止する最も簡単な方法は、術者であるヘレナを殺すこと。

無駄なことに時間を費やせない以上、この方法が最も確実で最善の手段となる。

だが、シャルにそんなことをするつもりはなかった。

ゆっくりとかぶりを振って、決意の籠もった声でヘレナの言葉に返答する。

「違うよ。わたしはヘレナを説得に来たんだよ」

シャルがそう告げると、ヘレナは意味がわからないとばかりに首を傾ける。

「説得ぅ？　あははは、おかしなことを言うのね」

「……わかってる。わたしがなにを言ったところで、聞く耳を持ってくれないって。それでも、わたしはっ――」

「違うわよ」

懸命に訴えようとするシャルの言葉を、ヘレナは呆れたような声音で遮った。

「仮にあたしがあんたの説得に心打たれようが、なにも変わらないし好転もしないわ」

「な、なんでよっ！」

「あら、知らないの？『魔女』でも知らないことはあるのね」

ヘレナは嘲弄する笑みを向けて、困惑するシャルにこう言った。

「〈反魂楼〉は一度発動したら最後、術者本人にすら解除はできないのよ」

「なっ」

「うそ……」

予想だにしなかった事実を告げられ、レオンハルトとシャルが驚愕に色を失う。

信じたくなどなかったが、嘘偽りがないことはヘレナの態度が証明していた。

「だからね、あんたがなにをしようと無駄なの。わかる？」

二人の反応を愉しむように、ヘレナはねっとりと絡み付くような口調で喋る。

「端っから選択肢なんてないの。あんたはあたしを殺すしかないわけ！　あははは‼」

ケタケタと笑う――いや、嗤うヘレナの声が辺りに響く。

その声を聞きながら、俯いたシャルは絞り出すように、

「……行って、レオくん。お願いっ」

「――っ、わかった！」

事ここに至っては、二人が採れる手段はもう一つしかなくなった。

ヘレナは二人が考えていることに思い至ったのか、驚きながらも冷笑を滲ませる。

「行きたければ行っていいわよ。貴方に用はないし、人が神を斃すなんて不可能だもの」

道を譲るように、ヘレナは一歩横へと避ける。

レオンハルトがシャルを一瞥すると、彼女は小さく頷いて進むことを促す。

ヘレナの横を通り抜けて、レオンハルトはそびえる巨塔の中へと入っていった。

「ほんとに行くとはね。本気で神を斃すつもり？」

塔の出入り口から目を外し、シャルへと問い掛けるヘレナ。

シャルは俯いたまま、最低限聞き取れる程度の声量で答える。

「本気だよ。レオくんなら、きっとやってくれる」

「へぇ、ずいぶん信頼してるのね。ま、シャドー・ドラゴンを斃すほどだものね」

「知って、たんだ」

「ええ、シャドー・ドラゴンを通じて見ていたからね」

「シャドー・ドラゴンを？」

「『アルカナム』は魔物を使役できるのよ。細かいことはよく知らないけどね」

さらりと驚愕の真実をヘレナが口にするも、シャルは大した反応を示さない。

俯いたままのシャルを意に介さず、ヘレナは言葉を続ける。

「ま、そのときにあんたがこの街にいることも知ったから、この街でことを起こしたわけだけど」

「シャドー・ドラゴンに村を襲わせたのはヘレナなの？」

「そうよ？　どっかの神殿から血紅石を奪うためにシャドー・ドラゴンを使ったんだけど、そのときにだいぶダメージを受けちゃってね。それであの村を使って休ませてたのよ。そしたら、あんたが村に戻ってきてたから、気まぐれで襲わせてみたの。失敗したけどね」

旧知の親友と話すようなヘレナの声と言葉。

二人の関係は旧知の親友そのものだが、ここではいささか不釣り合いで不気味だった。

そんなヘレナに向けて、シャルは震えた声で問い掛ける。

「なんで……なんで、そんな平気そうなの」

「なんのこと?」

「〈反魂楼〉の魔法が解除できないって知ってたのに、自分の命を消費する魔法を使ったことだよ」

「怖くないのかとか、後悔してないのかっていう話?」

ヘレナはつまらなそうに、自身の髪の毛先を人差し指でくるくるといじる。

「なんでって言われても、初めからわかってたことだもの。変なことを訊くのね」

「全然、変なことじゃないよっ!!」

堪えかねたように、シャルが悲鳴めいた声を張り上げる。

顔を上げたシャルの目尻には涙が溜まっていた。

「自分のことだよ? 自分の大切な命なんだよ!? なんでそんな簡単に捨てちゃうのっ」

シャルの懸命な叫びは、しかしヘレナの心には届かない。

「あんたに復讐する。それが叶うなら、命なんてどうでもいいのよ」

「――――っっ」

冷めた声で告げられた一言に、シャルは息を呑んで歯噛みした。

「この……ばかっ！」

絞り出すような罵声は、シャルの口から言い放たれた。

彼女にしては珍しい、他者を罵る一声。

普段から柔和なシャルでも、思わず口を衝いて出てしまうほどに心が叫んでいたのだ。

大切な者を失う悲しみを、ヘレナは知っているはずなのに。

たとえ憎まれていたとしても、シャルにとっては掛け替えのない親友なのに。

どうして自分の死を悲しむ者が、目の前にいることをわかってくれないのかと。

「さて、と。それじゃあ、アモルヴィアの復活まで遊びましょ？」

シャルの心中を知ってか知らずか、ヘレナは手にした槍の切っ先を向ける。

「安心して、殺しはしないから。ただ嬲って嬲って、嬲り尽くしてあげる！」

槍を構えるヘレナに対し、シャルも《アリス・マギア》を前方に構える。

目を覚まさせなければならない。

それがきっと、自分がしてあげられるせめてものことだから。

そう信じて、シャルはヘレナと激突した。

† † †

塔の内部へと入ったレオンハルトは、頂上へと続く螺旋階段を上っていた。

内部には階段しかなく、吹き抜けの状態だ。塔という建物としてはなんら特異な点はない、ありきたりで平凡な構造。

けれどレオンハルトには、この塔の在り方が象徴的なものに思えた。

螺旋は生命や歴史の象徴とされることがある。この世界にはまだ存在しない概念であるＤＮＡの構造も、二重螺旋という螺旋の一形態だ。

そして、下から上へと上昇する回転は、いくつもの命が一つに収斂される様を思わせた。

レオンハルトは長い階段を上り終え、頂上へと辿り着く。

するとそこでは、一人の女性が椅子に腰を掛けていた。

真っ白な長い髪、浮世離れした美貌、豪奢な漆黒のドレス、すらりと伸びた美脚。

頬杖をついて目を伏している姿は、それだけで絵になるほどだ。

傾国の美女。

その言葉がぴったりな存在が、そこにはいた。

「おまえが、魔性母神アモルヴィア」

レオンハルトの声に、伏されていた瞼がゆっくりと持ち上がる。

透明感のあるブルートパーズの双眸が覗き、レオンハルトのことを見捉える。

「ああ、いかにも。私がおまえたち人が言うところの、魔性母神アモルヴィアだ」

響く美声は凜（りん）としながらもたおやかで、妖艶ながらもあどけない。

相反するような感覚を抱かせながらも、そこに不快感などは一切存在しない。

ただ包み込むかのように、相対する者の心に安らぎを与えてくる。

敵意や害意といった類のものを感じられず、レオンハルトはわずかに困惑した。

（この人が、あのアモルヴィア？）

拍子抜けと言わざるを得ない。

この世界で口々に語られる魔性母神アモルヴィアという神は、魔物という強大な災厄を振りまいた悪神、邪神である。

それがどういうことか、語られる像とは真逆の印象を抱くのだ。

（この様子なら、話し合いで解決できなくもないか……？）

油断はできないが、可能性がまったくないわけではないはず。

レオンハルトが黙考していると、アモルヴィアがぽつりと呟（つぶや）く。

「三千年を経ても、人の世は変わっていないのだな……」

憂いを帯びた瞳を眼下の地上に向けて、アモルヴィアは悲しそうな声で口にした。

それから視線をレオンハルトに戻し、

「おまえはどう思う？　二人目の『魔王』よ」

「……なにがだ」

「この時代に生きる人々は、自由であると思うか？」

　質問の意図はわからなかったが、レオンハルトは思ったことを率直に伝える。

「自由ならあるさ。そうじゃなかったら――」

「今頃この世界は争いで満ちている、か？」

「そうだ」

「確かに、おまえの言うとおりだよ。自由がなければ、人はそれを求めて相争う。だからこそ、三千年前は終わらぬ闘争が続いていたわけだからな」

　三千年前、地上では果てのない戦いが繰り広げられていた。

　それはまさしく、血で血を洗う屍山血河の戦争。

　書物から知ったに過ぎないが、それでも当時の状況が凄惨であったのだろうことは想像に難くない。

「それを考えれば、三千年前に比べて今の世は一定の自由があるのだろう」

　述べて、アモルヴィアは落胆したように、

「しかし、自由があることと自由であることは、必ずしも結び付かないのではないか？」

「なにが言いたい？」

「おまえは今の世に自由があると言った。私もそれを否定するつもりはない。だが、人は自由になれていない。私にはそう見えて仕方がないのさ」

「人が自由になれていない？」

「ああ、そうだ。私にはおまえたち人が、不自由のただ中にいるようにしか見えない」

「……どうして、そう思う？」

「逆に問うが、おまえはどうして今の世界が自由だと思える？　同じ人類の誰かが定めた法の中で、唯々諾々と従い生きるしかない世界に真実の自由はあるのか？」

レオンハルトがなにか言うよりも早く、アモルヴィアは己の右手を見つめて言葉を紡ぐ。

「こうしている今も、命と魔力を捧げられながら聞こえるのさ。自由が欲しい、自由に生きたい、自由をよこせ、と。誰もが望んでいる。社会という檻の中の自由ではなく、檻の外に広がる無法の自由を」

「それが、この街にいる人々の声だと？」

「そうとも」

レオンハルトの言葉を肯定して、

「――人はすべからく自由であるべきだ」

強い意志を感じさせる瞳を向けて言った。

「けれどおまえたち人は、己が内にある欲を抑えてしまう。抑えすぎてしまう」

「それは人が人であるために必要なことだ」

「ならば、欲に従って生きることは罪か？」

レオンハルトはその問いに対する返答に窮した。

人が欲を持っているのは当たり前で、欲を原動力に人類が前へ前へと歩んできたのは事実だからだ。

「私は欲に従って生きることを罪とは思わん。人以外の生命が皆、そうしているだろう？」

「……人という輪の中で生きるなら、破るわけにはいかないものもあるだろ」

誰も彼もが欲に従って生きれば、待っているのは無法地帯。無秩序という混沌だ。

「ああ、そうだな。そこからあぶれれば、すぐさま攻撃の対象となるのだから当然だ」

アモルヴィアは肯定しながらも、呆れるように、悲しむように目を細める。

「人は理性という鎖で、自らの意思を縛ってしまう。欲を抑え込んでしまう。そうして人は自分自身を縛り、苦しめ、他人にもそれを強いてしまう。それは意識、無意識を問わず、人が築く社会という環境が、互いに互いを縛ってしまう」

種として生き残るうえで、人類が身につけた総体としての力。それが社会。

個人を社会という環境の歯車にすることで生まれる力は、同時に個人としての性質を制限する呪縛となった。

「その呪縛から逃げようとすれば、すぐさま攻撃と非難の的となる」

「そんなことっ」

「ない、と言えるか？　一匹狼という存在を、人は嫌悪と嘲笑の目で見るだろう？」

「…………」

出る杭は打たれる、疎まれる才能、孤高の天才……輪から外れた能力、規格外の存在を人は忌み嫌い、排斥しようとする。

それは否定しようもない事実で、人という種が持つ性質の宿痾だ。

「自由とは程遠い世界だ」

悲しそうな声音でアモルヴィアが呟く。

それに同意するかのごとく、吹き抜ける風の音は寂寥としていた。

「おまえたちは哀れだよ。ゆえに、私はおまえたち人類を救おうとした」

「人類を救おうと？」

「ああ。人は理性で己を、他者を縛る。だから三千年前、私は人類に言ったのさ」

もったいぶるように一拍おいて、かつて彼女が唱えたであろう言葉を口にする。

「理性という鎖から解放され、己が欲に従って生きればいい――と」

悪魔の囁きにも等しい、優しく甘い言葉。

アモルヴィアから敵意や害意を感じないのは、善意と優しさで人類に触れているから。

先の言葉を告げられた当時の者たちには、きっと天啓のように思えたことだろう。

人の輪の中で生きることに不満を……不自由を覚えていた者たちにしてみれば、文字通り神の許しを得たのだから。

いつの時代にも、世界に馴染めないあぶれ者は生まれてしまう。

そういった世に迎合できない者たちが、アモルヴィアに縋るのは必然だった。

「そうして私のもとに集まった者に、私は各々が欲に従って生きられる魔法を掛けた。その結果、欲に合わせて存在が変質しはしたがな」

「存在が、変質？」

過去、魔物という強大な災厄を振りまいた悪神として、アモルヴィアは人類の敵とされた。

そんな彼女のもとにも、三千年前には一定数の信奉者がいたとされている。

けれど他の神々と異なり、アモルヴィアのもとには信奉者は誰一人として残らなかったらしい。

額面通りに受け取れば、アモルヴィアのもとから信者が離れていったと解釈するだろう。

だが、レオンハルトはアモルヴィアの口ぶりから、一つの悍ましい答えに行き着く。

「まさか――」

目を見張るレオンハルトの心中を知ってか知らずか、アモルヴィアははっきりと告げた。

「おまえたち人が言う魔物は、元を辿ればおまえたちと同じ人だよ」

「──っ⁉」

予想はできていた。それでも、息を呑まずにはいられなかった。

かつて人であったという魔物は、魔物のまま死んでいったということだ。

「それの……」

どこか他人事のようなアモルヴィアに、レオンハルトは──

「それのどこが救いだッ‼」

怒り心頭といった様子で叫ぶ。

「救いなんか、どこにもないだろッ」

人であることを捨て、魔物になることが救いなど断じて認められなかった。

レオンハルトの叫びを耳にして、しかし当のアモルヴィアは不思議そうに首を傾げる。

「救いだろう？　人は理性から解放され、真の自由を得たのだからな」

欠片も躊躇うことなく、己が与えるものこそ救いと信じて疑わない。

そこでレオンハルトは、ようやく理解する。

自分とアモルヴィアの間には、どうしようもない隔たりがあることを。

話し合いで解決できるかも、などという甘い考え方をしていたことを。

「――おまえはダメだ」

目の前にいるのは、紛れもない邪神だ。

このままアモルヴィアの復活を許せば、取り返しの付かない悲劇が起こる。

そのことを今はっきりと認識して、レオンハルトは《コンクェスター》を喚び出す。

「おまえを復活させるわけにはいかない」

アモルヴィアを睨み、啖呵を切るように宣戦布告する。

「俺がここで、おまえを斃すッ!!」

「ほぉ？　面白い」

そう言ってアモルヴィアは立ち上がり、素足のまま数歩、レオンハルトへと近づく。

「いいだろう、余興として付き合ってやる。おまえも私が救ってやろう」

不敵に、悠然とアモルヴィアが告げる。

彼女の座っていた椅子が魔力の粒子になると、光球となってアモルヴィアの周囲に浮かぶ。

レオンハルトが剣を構えると、光球が凄まじい速度で撃ち出された。

「……ッ」

襲い来る光球を横に飛び退いて躱し、アモルヴィアへと一気に接近を試みる。

相手はこの世界における神であり、悠長に出方や能力を窺っているゆとりはない。

レオンハルトは超化した動体視力と反射神経を駆使し、絶え間なく放たれる続ける光球の隙間を縫うように駆ける。

そうして、あと数歩の距離まで詰め寄ったところでさらに加速。

アモルヴィアまでの距離を一息でゼロに縮め、両手で握った長剣を力一杯に振るった。

だが、その一振りはアモルヴィアには届かなかった。

甲高い金属音と共に、レオンハルトの剣が見えない壁に弾かれたのだ。

(魔力障壁ッ⁉)

斥力場にも似たそれは、魔力を超高密度に凝縮させることによって形成される。

膨大な魔力とそれを操る技術が要求され、レオンハルトやシャルにもできない芸当だ。

これまでアモルヴィアが放っていた光球——魔力弾と並び、どちらも彼女にとっては児戯に等しい小技でしかない。

(あの障壁を突破しない限り、アモルヴィアには指一本触れられないわけかッ)

アモルヴィアから距離を取り、レオンハルトは冷静に状況を分析する。

膨大な魔力がありながら、魔法ですらない小技を使う。

それが意味するのは、まだ魔法が使えるほど万全な状態ではないということ。

(今のうちに畳み掛けるべきだけど、無策で突っ込んでも意味はない。なら——)

作戦を組み立てるや否や、レオンハルトは床を蹴って魔力弾を躱す。

魔力障壁がいかに頑強だったとしても、所詮は魔法になっていないエネルギーだ。アモルヴィア自身の集中を削げば、必ず魔力操作にも影響を及ぼす。

そうなれば、どこかしらに密度の薄い場所ができる。そこを突けば、レオンハルトの剣はアモルヴィアに届く。

レオンハルトは先ほどとは異なり、迫る魔力弾を回避しながら左右に動く。

「どうした、攻めてこないのか？」

魔力弾を無尽蔵に撃つアモルヴィアは、愉しげな微笑を浮かべている。

遊ばれていることに腹立たしさを覚えながらも、レオンハルトはまだ攻めるときではないと堪える。

「よく避ける。ならば、これはどうだ？」

器用に躱し続けるレオンハルトを見て、アモルヴィアは繰り出す魔力弾の数を増やした。

隙間はあれど、体を入り込ませることはできない密度の弾幕。

もはや避けることなどできない攻撃を前に、レオンハルトは剣の柄を握る手に力を込める。

（——ここだッ!!）

迫る弾幕へ向けて、剣を横一文字に一閃(いっせん)させる。

いくつかの魔力弾に剣先が触れ、目の前で爆発を巻き起こす。

すると、その爆発に影響され、触れていない周囲の魔力弾までもが連鎖的に爆発する。

生み出される煙が視界を遮る煙幕となり、両者の姿を相手の瞳から奪う。

この瞬間こそ、レオンハルトが狙っていた一瞬だった。

今、二人は互いに相手の姿を視認できない状況だが、レオンハルトにはアモルヴィアのいる位置がわかった。

なぜなら、アモルヴィアは戦いが始まってから今に至るまで、一歩もその場を動いていないからだ。

そしてこの状況でもなお、一歩も動いていないと断言できた。

それはアモルヴィアの性格もあるが、神としての能力に裏打ちされた余裕があるからだ。

対してアモルヴィアは、レオンハルトの位置を特定しづらくなっている。

レオンハルトが魔力弾を避けながらも接近せず、左右に動いていたのはこの瞬間のため。

アモルヴィアに正面以外から攻めかかる可能性を示唆しつつ、この煙幕に乗じて仕掛ける際の選択肢を増やすためだ。

「――ッ」

煙幕が風によって払われない内に、床を蹴って一気に加速する。

左右、あるいは背後という可能性を抱かせたうえで、レオンハルトは正面から攻める。

意識が左右や背後に向けられれば、その分だけ正面に対する意識が薄くなるからだ。

その意識の乱れは、間違いなく魔力障壁にも影響を与える。

ゆえに、狙うはただ一点。

煙幕の中に浮かび上がった人影へ向けて、レオンハルトは限界まで超化させた膂力で刺突を繰り出した。

「なかなか悪くない策だ。ああ、賞賛に値するとも」

薄れゆく煙の向こうから、アモルヴィアの声がレオンハルトの耳朶を打つ。

突き出された剣の切っ先は、先の攻撃と同じように魔力障壁によって阻まれていた。

「しかし、運が悪かったな。その手口は以前にも受けたことがあるのさ」

レオンハルトの策は読まれていた。だが、彼は諦めていなかった。

「いいや、まだだッ！」

言うが早いか、レオンハルトはあろうことか――

「光を以て喰らえ――〈燦然光牙〉!!」

自身をも巻き込みかねない殲滅魔法をアモルヴィアに放った。

二人の周囲に光が瞬いた刹那、耳を劈く轟音と共に光が爆ぜる。

次の瞬間、アモルヴィアの周囲にあった魔力障壁が砕け散った。

レオンハルトの策を読み、一撃を防いだという一瞬の慢心。

それが魔力操作に影響を与え、強度が揺らいだ障壁は全方位から襲い来る魔法に堪えかねたのだ。

その隙を衝いて、レオンハルトは渾身(こんしん)の一刀を振り下ろした。

風を切って奔(はし)った剣閃(けんせん)は、確かにアモルヴィアへと届いた。

魔力障壁を砕かれたアモルヴィアを守るものは、一切なかったと嘘偽りなく断言できる。

だから〝これ〟も、届いたと表現していいだろう。

たとえ――――そう、たとえ右手の人差し指で容易く受け止められていたとしても。

目の前で起こったことに、レオンハルトが瞠目(どうもく)する。

「そん、な……」

「惜しかったよ。ああ、本当に」

労るような気配を声に滲ませて、アモルヴィアは言葉を紡ぐ。

剣を受け止める彼女の人差し指には、血はおろか、薄い切り傷すらできていなかった。

「なんで、剣が……」

「簡単に言えば〝存在としての格の差〟だよ」

これは、どうしようもない現実。

所詮は人であるレオンハルトと、神であるアモルヴィア。

根本的に、存在としての次元が違う。立っている土俵が異なるのだ。

レオンハルトの剣がアモルヴィアに届かないのは、両者の間に〝存在としての格の差〟が生じてしまったからだ。

「あと数秒……ほんの少し早ければ、おまえの剣は私を殺せていたさ」

レオンハルトが限られた時間内でしかアモルヴィアを斃せないのに対し、時間が経てば経つほど、アモルヴィアは本来の状態へと回帰していく。

そしてそれは、今や決定的な開きとなってしまった。

「もはや、おまえに勝ち目はないよ」

「くそッ……！」

アモルヴィアの言葉に歯嚙みして、レオンハルトは二度三度と剣を振るった。

しかしそれらすべて、文字通り指一本であしらわれてしまう。

アモルヴィアは哀れむような表情を浮かべると、腕の一薙(ひとな)ぎでレオンハルトを吹き飛ばす。


床を転がりながらも立ち上がり、レオンハルトは毅然と剣を構える。

「まだ完全とは言えないが、魔法を使うには十分だな」

アモルヴィアは感覚を確かめるように、自分の右手を二、三回開閉する。

「どうする？　この状況で、まだ私に挑むか？」

「当たり前だッ！」

たとえ無謀であろうと、レオンハルトの意思は変わらない。

決意を言葉にすることで己を奮い立たせ、レオンハルトは剣の柄を握る手に力を込める。

第六や第七位階の魔法なら通用するかもしれなかったが、第六位階以上の魔法はその強大さゆえに街を巻き込む可能性がある。

よって、この場面で使うわけにはいかなかった。

状況はレオンハルトにとって不利なことこの上ない。

しかし、手が尽きたわけではない。

彼が握るのは、魔法を吸収して撥ね返す能力を持った『霊宝』だ。

ただの刃では届かずとも、神が創りし『霊宝』の一撃ならば可能性はあった。

闘志を瞳に宿すレオンハルトを見て、アモルヴィアは仕方がないとばかりに微笑する。

「ならば、その覚悟に敬意を表して、私ももう少し付き合ってやろう」

告げられた刹那、二人が立っている塔が震え出す。

それをきっかけに、膨大な魔力がアモルヴィアへと集まっていく。

アモルヴィアは魔力を練ると共に、明朗とした声で世界に言霊を紡ぎ上げる。

「満たされぬ飢えを抱きし者よ、底知れぬ飢渇を以て万象を喰らえ」

アモルヴィアの足下に黒い魔法陣が広がり、そこからいくつもの黒い球体が浮かぶ。

（なんだ、アレは……）

次々と魔法陣から現れる黒い球体を見て、レオンハルトは冷や汗を流して固唾を呑む。

その黒い球体には、身の毛がよだつ禍々しい気配が滲んでいた。

「来たれ暴食の化身──〈飽食する罪悪の災禍〉!!」

轟ッ!!　と黒いなにかが濁流のごとく押し寄せる。

最後の言霊が響くと同時に、いくつもの黒い球体がイナゴとなって迸ったのだ。

血走ったように赤い複眼を爛々とさせ、漆黒のイナゴは互いを喰らい合いながらレオンハルトへと突き進む。

アモルヴィアが《コンクェスター》の存在を知らないはずはなかったが、それでも彼女は構わずに魔法攻撃を仕掛けたのだ。

そのことに驚きはしたが、レオンハルトがやるべきことは変わらない。

(どんな攻撃だったとしても、魔法なら撥ね返す！)

目前に迫るイナゴの大群目掛けて、レオンハルトは握った剣で斬りつけた。

だが――

「なッ……⁉」

魔法を吸収できない――どころか、相殺することすらできなかった。

「無駄だよ。私たち神霊が使う魔法は、おまえたちが使う魔法とは一線を画す」

アモルヴィアの言葉を借りるなら、これも〝存在としての格の差〟だ。

押し寄せたイナゴは剣に噛み付くと、噛みちぎることができないにも拘わらず、狂ったように金属を食いちぎろうとする。

なりふり構わずすべてを貪り喰らおうとする様は、生理的嫌悪感を抱くほど悍ましい。

そして後から飛来したイナゴたちは、レオンハルトの四肢の至る所に喰らい付く。

素肌は言わずもがな、衣服の上からも皮膚を食いちぎられて鮮血が散る。

「ぐっ、このッ」

予想だにしていなかった事態を前に、迂闊にも呆けてしまっていたことに思い至る。

レオンハルトは痛みに顔を歪ませながら、慌てて体と剣のイナゴを払い除ける。

未だ続々と襲い来るイナゴを横に飛び退いて回避するも、それで終わりではなかった。

イナゴの大群は空中でカーブを描いて旋回すると、耳障りな羽音を鳴らしながら再びレオンハルトに襲いかかる。

「ちッ！」

向かってくるイナゴの大群に向けて、レオンハルトは〈燦然光牙〉を放つ。

その一撃で半数は消滅させられたが、もう半分が黒煙を裂いて飛来する。

（動きが速すぎるッ）

〈燦然光牙〉は広範囲を攻撃対象にできる殲滅魔法だが、動いている相手や高速で動き回るようなものには相性が悪い。

そんな相性どうこうよりも、レオンハルトは驚くべき光景を目にしていた。

（魔法すら食うのか！）

消滅した半数のイナゴは、放たれた魔法すら喰らっていたのだ。

爆炎に内側と外側の両方から焼かれながら、知ったことではないと喰らい付いていた。

それが、わずかながらも魔法の威力を削いでいたのである。

そのことを考えると、迫り来る残りの半数を次の一撃で消し飛ばすのは難しい。

同時に、一つの収穫はあった。

《コンクェスター》による吸収はできなかったが、魔法でなら相殺できるということ。

（なら――）

レオンハルトが剣を正面に構え、襲来するイナゴを直接斬り殺す。

超化された体を酷使し、何回も剣を奔らせる。

けれど、その程度では当然のように意味を成さない。

イナゴは次々とレオンハルトの体に噛み付き、我先にと貪るように血肉を剝いでいく。

そして、全身がイナゴに呑み込まれる刹那——

「〈燦然光牙〉‼」

自身を中心に、爆炎を巻き起こした。

レオンハルトに纏わり付いていたイナゴは、その爆炎に為す術なく焼かれていく。

イナゴの残骸が煤のように舞う中、レオンハルトは全身に爆轟を浴びながらも立っていた。

「……驚いたな、自分自身を囮にしたか」

レオンハルトの採った手段に、アモルヴィアは呆れとも感嘆とも取れる声を上げた。

イナゴの大群を一撃で消すには、イナゴの動き自体を封じる必要があった。

だからレオンハルトは、自分を囮にしてイナゴを一ヵ所に集めたのである。

とはいえ、イナゴが群がるまでじっと待っていては、無駄にダメージが重なるだけだ。

だから最初は剣で数を減らし、序盤に受けるダメージを軽減させた。

なんにせよ、レオンハルトが選んだ手段は自滅しかねない方法だ。

事実、レオンハルトは満身創痍。衣服は至る所が綻び破れ、露出した肌からは血が流れている。

いかに超化によって肉体が強靱になっていても、立っていることが不思議なほどの傷だ。

「……わからんな」

溜息を吐くように、アモルヴィアは言った。

「そこまでして、おまえ一人が戦ってどうなる？　おまえだけが傷ついて、苦しみもがくだけだ」

「たとえそうだったとしても、俺はおまえを斃すために立ち上がるだけだ」

「なんのために？」

「俺自身のために」

投げ掛けられた問いに、レオンハルトは間髪容れずに答えた。

するとアモルヴィアは、しばしじっとレオンハルトのことを見つめる。

やがて、ぽつりと呟いた。

「……似ているよ、おまえは」

懐かしむような眼差しを向けて、アモルヴィアは困ったように微笑んだ。

「かつて、おまえと同じ瞳で、同じようなこと言った奴がいた」

「そいつと俺が似ていると？」

「ああ、そうとも。三千年前の『魔王』とおまえは、よく似ている」

アモルヴィアは、三千年前に自分を殺した存在とレオンハルトが似ていると言う。

レオンハルトは過去に実在した『魔王』を知らないため、似ていると言われても困惑することしかできなかった。

「奴もおまえと同じく、苦しみにもがきながらも、立ち向かってくるような奴だった。だから私は、奴を救おうとした。もっとも、救ってやると言ったら殺されたがな」

アモルヴィアにとって、神話の時代の『魔王』は救うべき対象だった。

それは彼女の性格を考えれば当然のことで、けれどもそれは成し遂げられなかった。

「だが、こうして同様の存在に出会った。ならば、私は今度こそ救わなければならない」

アモルヴィアは決意の籠もった瞳でレオンハルトを射抜く。

「それこそが、私の愛なのだから!!」

愛してる、愛してる。だからどうか救われてほしい。救ってみせる。

そう高らかに謳いながら、アモルヴィアは魔力を練り上げる。

「汝を縛りし鎖は欲へと焼べられ、其は汝の渇きを癒やす福音とならん！」

アモルヴィアを中心として魔力が渦巻き、白く長い髪の毛が荒ぶる。

その様はとても神々しく、そして禍々しくもあった。

「させるかッ！」

レオンハルトは魔法の発動を阻止すべく、アモルヴィア目掛けて駆ける。

けれど、荒れ狂う魔力の暴風に足を止めざるを得なかった。

「さあ、愛し子よ。どうか救われてくれ」

「くそッ……！」

なおも足掻(あが)くレオンハルトへ、アモルヴィアはとても柔らかい笑みを浮かべて。

「原罪回帰――〈原初へ帰する堕天(ロスト・フォーリングダウン)〉」

その最後の一句が紡がれた瞬間、レオンハルトの足下に黒い魔法陣が描き出される。

レオンハルトの体は、魔法陣から伸びた漆黒の柱に呑み込まれた。

凄まじい魔力の奔流に晒(さら)される中、レオンハルトは自身の内側から響く獣の声を聞く。

喰らいたい、眠りたい、犯したい、壊したい、奪いたい、嬲りたい、貪りたい。

奥底から津波のごとく押し寄せる欲という欲のすべて。

「ぐッ、ガああああぁぁァァ!!」

心と魂が摩滅され、人間性が失われていく感覚にレオンハルトが絶叫する。

「果たしておまえは、いったいどんな姿になるのだろうな」

アモルヴィアの言葉に、なにかを言い返す余裕はなかった。

本能という獣が、涎(よだれ)を撒(ま)き散らしながら怒濤(どとう)となって這(は)い上がる。

理性を粉々に引き千切られながらも、レオンハルトは必死で自分を保とうとした。

踏み堪えようとする彼の意思に反して、最も深き場所から巨大な獣がすべてを喰らう。

その刹那、レオンハルトが垣間見たのは――

(俺、は――――)

† † †

レオンハルトがアモルヴィアと対峙する最中、塔の下でも戦いが繰り広げられていた。

しかし、それを戦いと呼ぶにはあまりに一方的な状況だった。

「ねー、もうちょっとなんかないの？　これじゃあ暇つぶしにもならないじゃない」

槍を肩に担ぎ、ヘレナはあくびでもこぼしそうな口調で言う。

彼女が向ける視線の先では、片膝をついたシャルが肩で息をしていた。

ヘレナを見上げるシャルの姿はボロボロで、着ている服やソックスは土で汚れて穴が空いている。

二人の戦いが始まってからこれまで、シャルは一方的にいたぶられていた。

攻撃系の魔法こそ持たないが、防御系では最高峰の『魔女』であるシャルがである。

「ほらほら、もっとあたしを楽しませてちょうだいよ！」

つかつかと歩み寄り、ヘレナはシャルへと槍を振るう。

シャルは雑に振り下ろされた槍を横に飛び退いて躱し、そのままヘレナの背後へと回り込む。

そんなシャルの動きに、ヘレナは溜息を吐いて鋭い一突きを見舞う。

「〈守護者の御楯(ガーディアンズ・プロテクション)〉!!」

放たれた刺突に対し、シャルはすぐさま魔法陣の盾を展開する。

槍の矛先が魔法陣に触れた瞬間、魔法陣がぐにゃりと歪んだ。

そのまま槍は魔法陣を素通りすると、シャルの左肩に突き刺さった。

「あぐっ……！」

シャルは苦痛に眉根を寄せ、二歩、三歩と大きく跳躍して後退。

十分な距離を取り、血が流れ出る左肩に右手を翳(かざ)す。

〈治癒(ヒール)〉による緑色の魔力光が傷口を包み、瞬く間に傷を治して出血を止める。

「もうわかったでしょ？　この槍に防御魔法は効かないのよ」

「………」

ヘレナの言葉に、シャルは下唇を嚙む。

これまで、幾度となく防御魔法で槍の攻撃を防ごうとした。だが、そのすべてが用を成さなかった。

それはタイミングや死角を問わず、魔法による妨害でもない。

となれば、自ずと答えは一つ。

「『霊宝』……！」

「そ。魔槍《スコル・ピリオド》の能力――『終止の穿孔』よ」

ヘレナが持っている槍の能力である『終止の穿孔』は、あらゆる防御を突破する能力。

まさに最強の矛であり、攻撃魔法を持たないシャルにとっては最悪の相性だった。

「でも、そんな強力な能力を無条件で使えるはず……」

「そう思うでしょ？　使えちゃうのよね、これが」

軽い口調でヘレナは言ったが、それはとても驚くべきことである。

『霊宝』と一口に言っても、その性質は二つ存在する。

一つは、無条件で使用者に恩恵を与えるもの。

もう一つは、使用に際してなんらかの対価を求められるもの。レオンハルトの《コンクエスター》がこれに当たり、能力を一回使う度に対価を支払う必要がある。

この二種類の違いは、『霊宝』を創った神霊の性質が善であったのか、悪であったのかに依る。

ヘレナの《スコル・ピリオド》は後者であり、本来なら代償を必要とするはずなのだ。

「使用者が槍の望みに添う限り、永遠に恩恵を与えてくれるのよ。ま、その望みがなんなのかは、あたしにもわからないんだけど」

『霊宝』は自分で使用者を選ぶ。

つまり《スコル・ピリオド》に見初められた段階で、その強大な恩恵が約束されるのだ。

けれど、いかに優良な『霊宝』であっても、悪しき神霊が創った魔槍。

代償が一切必要ない、などということは有り得ない。

「たしか、《スコル・ピリオド》の望みに反した使用者の最後は……」

「《スコル・ピリオド》に心臓を貫かれて死ぬ」

シャルが記憶にある《スコル・ピリオド》の記述を思い出すと、ヘレナが引き継ぐように口にした。

神話の時代、《スコル・ピリオド》に見初められた者は数多くいたという。

その者たちは皆一様に、最期は《スコル・ピリオド》に刺し貫かれたとされる。

強力な能力を与える魔の槍に見限られたが最後、代償として使用者はその命を奪われる。

「そんな危険なものをっ」

「危険？　どこがよ？」

信じられないとばかりのシャルに、ヘレナは槍をくるくると弄びながら首を傾げる。

「どこがって……だって、もし槍の望みに反したらっ！」

「命を奪われる？　そうかもね。けど、今こうして、あたしはこの槍を使えてる。なら、なにも問題はないのよ」

ヘレナは弄んでいた槍を止めて、切っ先をシャルへと向ける。

「あんたに復讐するその瞬間まで、命があればいいんだもの」

「……っ」

もはや、なにを言っても意味がない。

思わずシャルがそう考えてしまうほど、ヘレナは自分の命に一切頓着していなかった。

「未来なんて知らない。未来なんてどうでもいい。未来なんていらない。あんたへの復讐が叶えば、あたしはそれでいいッ‼」

ヘレナは叫ぶと同時に跳躍すると、槍を逆さまにしてシャルに穂先を定める。

シャルが後方へ飛び退いた次の瞬間、槍が地面に突き刺さって石畳を砕く。

空中に散乱する石畳の瓦礫(がれき)。それをヘレナは槍で弾き、投石としてシャル目掛けて放つ。

慌ててシャルが魔法陣を展開すると、瞬く間にヘレナが間合いへと入る。

振るわれた槍は魔法陣を素通りし、シャルの右の前腕を裂いた。

「うッ、ぁ……！」

右腕から伝わる激痛に、シャルは目尻に涙を浮かべて呻くように声を漏らす。

飛び散る血飛沫を見て、ヘレナは笑みを浮かべながら追撃を仕掛ける。

上段から一文字に一閃する槍を、シャルは咄嗟に後ろへと逃げて回避した。

急な動きにバランスを崩し、シャルは四つん這いのような体勢で地面の上を滑る。

四肢に体重を掛けて勢いを殺すと、右腕の傷には目もくれず、次の攻撃を警戒して顔を上げる。

しかし、シャルの視界のどこにもヘレナの姿はなかった。

ヘレナの姿が忽然と消えた理由にシャルがはっとなった刹那、彼女は自身の右側頭部に強い衝撃を覚えた。

弾かれた勢いで、シャルの体が近くの建物に打ち付けられる。

軽い脳震盪が起こり、シャルが膝から崩れ落ちる。

そんな彼女の傍に、いつの間にかヘレナが佇んでいた。

「んー、やっぱり《隠匿》を使うとつまんないわね」

顎に人差し指を当てて独りごちるヘレナ。

シャルは平衡感覚を失って力の入らない両足で、ふらふらと立ち上がる。

右腕からぽたぽたと地面に落ちる鮮血に気付き、左手を翳して《治癒》の魔法で傷口を塞ぐ。

頭からの出血がないことを考えるに、先ほどの衝撃は殴られたか蹴られたのだろう。

シャルが側頭部の鈍痛に顔を顰めると、

「ほらほら、もっとあたしを楽しませなさいよ——ねッ！」

ブヴォンッ‼　と風切り音を立てて、ヘレナが槍を横薙ぎに払う。

シャルは体をかがめ、飛び退くように間合いから逃げる。

なんとか槍の一撃を躱すも、足に上手く力が入らず無様に地面を転がる。

「う、ぅうっ」

痛みに呻くシャルを見つめ、ヘレナは呆れたような口調で言葉を投げる。

「そろそろ諦めて、いい加減にあたしを殺す覚悟を決めたら？　そうじゃないと、全部失うわよ？」

「わた、しは……」

膝が笑う。足が生まれたての子鹿のように震える。

それでもシャルは懸命に両足へ力を入れ、強い意志を感じさせる瞳で奮起する。

「わたしは、諦めないっ」

「……強情ね。あんたが諦めないのは勝手だけど、あんたがいくら頑張ったところで、なにも変わらないわ」

「そんなこと、ないよ」

「もしかして、上に行った彼に期待してる？　無駄よ、無駄。人が神に勝てるわけないじゃない」

「レオくんなら、必ずやってくれる」

「神霊の相手をさせるより、あたしを殺したほうが彼のためなのにね」

「…………」

ヘレナの言ったことは、シャル自身もわかっていた。

レオンハルト一人に、神という存在を相手取らせるのが危険であることは。

そこはヘレナの言うとおりであり、否定しようのない事実だ。

「言っておくけど」

ヘレナはそう前置きして、

「あんたさえ覚悟が決まれば、あたしは一切抵抗せずに殺されてあげる」

「……なんで、そこまでわたしにヘレナを殺させようとするの」

「あんたへの復讐だって言ってるじゃない。なに？　わかってないの？」

ヘレナは驚いたような顔をした後、唐突に肩を揺らして哄笑する。

「なにそれ、あはははははは！　ほんと、あんたは優しいわね」

「どういう、こと？」

「簡単なことよ」

にんまりと底意地の悪い笑みを貼り付けて、笑いを含んだ声でヘレナは言った。

「アモルヴィアの復活を阻止したいなら、あたしを殺すしかない。あたしを殺せば、あんたに癒えない傷を付けられる」

「わたしに、傷を……？」

「ええ、そうよ」

ヘレナは心底楽しそうに、嗜虐的な笑みを浮かべながら語る。

「シャルは優しいものね。そんなあんただからこそ、あたしを殺したことを、あたしが死んだことを、あたしを救えなかったことを、ずっとずっと……ずーっと気に病み続ける。あんたの中に、あたしという存在が刻まれる！　その傷があんたの心を永遠に蝕み続けるのよ！」

「――――っ⁉」

シャルは驚愕に息を呑んだ。

彼女は思いもしなかったのだ。自分に親友を――ヘレナ自身を殺させることが、復讐になるなど。

「それなら、わたしは……」

「やっぱりあたしを殺せない？」

「…………」

尋ねてくるヘレナに、シャルは無言で返答した。

「そうよね、あんたの力は守るためのものだものね」

ヘレナはわざとらしく肩をすくめ、挑発するように心を逆撫でる声を上げる。

「だけど、あたしを殺せなければアモルヴィアが復活する。そうなればあんたの大切な彼も、彼のお友だちも、みんなみんな、あんたのせいで死ぬ！」

「きっと、レオくんがっ」

「勝てなかったら？」

「……っ」

レオンハルトを信じていないわけではない。

しかし、万が一の可能性が脳裏に浮かぶのも確かだ。

もしもレオンハルトがアモルヴィアに敗れたとする。そうなればもはや、アモルヴィアの復活を阻止する方法はヘレナを殺すことしかない。

そんな状況になってもなお、シャルは自分がヘレナを殺めると断言できなかった。

シャルの心中を察しているのか、ヘレナはニタニタとした笑みで声を発する。

「そのときあんたは、大切なものを守れなかったことに絶望しながら死ぬの！　どっちに転んでも、あたしの復讐は遂げられる‼」

聞かされる言葉の数々がシャルの心を強く抉る。

優しさという尊いものを逆手に取った、悪辣で残酷極まる復讐劇の形。

「あたしが味わった痛みを！　絶望を！　あんたにも同じように味わわせてあげる‼」

言うと同時に、ヘレナが地を蹴って接近する。

瞬く間に彼我の距離を詰めて、ヘレナは力強く槍を振り下ろす。

「――ッ」

シャルが杖(つえ)で槍を受け止めると、甲高い金属音が辺りへと響き渡る。

「ほらほら、どうするの⁉　あたしを殺す？　それとも、みんなで仲良く一緒に死ぬ？」

選べと言わんばかりの言葉。

否応もなく用意された天秤(てんびん)を前に、シャルは――

「それが、ヘレナのわたしに対する復讐っ」

「そうよ！　あんたがどっちか片方を選んだとき、あたしの復讐は完遂される！　これほど嬉しいことはないわ！　あははははははは――‼」

ケタケタと耳障りな声で笑いながら、二撃、三撃と乱暴に槍を振るう。

繰り出される攻撃のすべてを杖で防ぎ、逸らしていく。

「それなら、なんで――」

放たれた鋭い刺突を杖で受け止めて、シャルはずっと感じていた疑問を口にした。

「なんで、そんな泣きそうな顔をしてるのさっ！」

「――――、は？」

ヘレナは虚を突かれたように、動きの一切を制止させた。

「あたしが、泣きそう……？」

「今までずっと、ヘレナが笑う度にそう見えた。口調や表情も、なんだかわざとらしくて……」

無論、最初からそう感じていたわけではない。

再会したばかりのときは、変貌した姿に驚きもしたし、ショックも受けた。

けれど言葉を交わすうちに、ヘレナの態度がどうしても演技じみたものに思えてしまった。

ヘレナの浮かべる笑みのすべてが、シャルには今にも泣き出しそうに見えてしまって。

響かせる哄笑も、まるで泣き笑いのようで。

「らしくないよ」

「らしく、ない……ですって？」

「そうだよ。わたしの知ってるヘレナはいじわるで、頑固で、ちょっぴり不器用で……すごく優しい娘」

ギリッ、と音が聞こえるほどに強く、ヘレナが歯噛みした。

「ふざけないでッ!!」

ヒステリックな声色で叫び、ヘレナはシャルのことを突き飛ばす。

肩で息をしながら柳眉を逆立てて、怒気の満ちた目で槍の切っ先をシャルに向ける。

「あんたになにがわかるのよッ！　あたしはこの日をずっと、ずっと望んで……ッ」

槍を握る右手に力が込められる。

しかし、ふっと手から力が抜け、槍を持つ右腕が力なく下げられた。

「………わかってるわよ」

ぽつりと、ヘレナは蚊の鳴くような声で呟く。

「らしくないなんて、言われなくてもわかってる。こんなの、逆恨みですらない。ただの八つ当たりだってことくらい、わかってるわよ……」

吐露されるのは、ヘレナ自身が心の底では自覚していたこと。

確かにヘレナの両親は、シャルが村にいてさえくれれば助かったかもしれない。

けれどもそれは、シャルに依存していた自分たちの責任だ。不測の事態に対する策を用意していなかったのが悪い。

そのことは、他ならないヘレナ自身が一番よくわかっていた。

「それでも、誰かのせいにしないとやってられなかった。なにかを恨まないと納得できなかった……。だけど、もうイヤなのよ。この痛みに苛まれ続けるのがッ」

左手で胸元を握り締め、溜め込んだすべてをぶちまけるように言葉を吐く。

「自分で死ぬ覚悟もない、だけど楽になりたい。だから――」

「だから、わたしにあそこまで……」

「あんたならわかるでしょ⁉　失うことの悲しみや辛さが！　心を抉るような痛みが‼　どうしたって癒えない感情なんか捨てて、苦しみから解放されたいって思ってなにが悪いのよッ」

「――――」

その瞬間、シャルはすべてを悟った。

（ああ、そっか）

叫ぶや否や、衝動的に襲いかかってきたヘレナを前に。

自分がどうすればよかったのかを、シャルは事ここに至ってようやく理解したのだ。


突き出された槍の切っ先は、シャルの喉元寸前で止まっていた。

「……、なんでよ」

絞り出すような声で、ヘレナは槍を構えた状態のまま尋ねた。

「なんで……なんでなにもしないの！　なんであたしを殺そうとしないのよッ‼」

憤懣(ふんまん)を露わにしてヘレナが叫ぶ。

繰り出された刺突を、シャルは避けることも防ぐこともしなかったのだ。

もしもヘレナがあと一歩踏み込んでいたら、シャルは喉を槍に貫かれて絶命していただろう。

自分の命が懸かった状況でもなお、相手の命を奪うどころか無抵抗でいる。とても正気の沙汰とは思えない行動だ。

ヘレナの問いに、シャルは優しい穏やかな声で答える。

「ヘレナが自分で言ったでしょ？」

「なにを……」

「わたしの力は、誰かを傷つけるためのものじゃない。誰かを守るためのものだから」

――『そうよね、あんたの力は守るためのものだものね』

「だから、わたしはヘレナを殺さない。殺せない。代わりに――」

「――ぇ？」

次いでシャルが取った行動に、ヘレナが瞠目しながら声をこぼす。

ヘレナが驚くのも無理はない。

なぜならシャルは、ヘレナのことを抱き締めたのだから。

「どう、して……」

「昔、約束したでしょ？」

言われて、ヘレナは思い出す。在りし日に交わした、一つの約束を。

二人の脳裏に蘇るのは、いつかの会話。

『二つ、約束しましょ』

『約束？』

『そ。二人だけの約束。誰かに言ったら許さないからねっ』

『う、うん。それで、なにをすれば……？』

『………あたしが泣きたいとき、傍にいてよ』

『――ぷっ』

『あんた今、笑ったわね⁉』

『ご、ごめんごめん。だけど、それだけでいいの？』

『そうよっ。それだけ！　破ったら恨むわよ』

『うん、ちゃんと守るよ。約束』

『ん、約束』

幼き日の会話の全容を思い出し、ヘレナは懐かしそうに呟く。

「ああ、そんなこともあったわね」

「その約束を、今果たすよ。二年越しになっちゃったのは、ごめんだけど」

「……ほんとよ。あんたがいてくれれば、こんなんに……ならなかったのに」

「うん」

「ずっと、辛くて……っ」

「うん」

「ずっと……会いたくてっ」

「うん」

涙をぽろぽろとこぼしながら、ヘレナはたどたどしく言葉を紡ぐ。

シャルは包み込むように、労るように、優しくヘレナを抱き締める。

楽になりたいと言いながらも自殺などはせず、復讐と称してシャルに執着していた理由。

ただ、優しく慰めてほしかった。

シャルを強いと評したヘレナもまた、どうしようもないほどに強く、そして弱かった。

両親を突然亡くし、その悲しみに打ちひしがれながらも、誰かに縋るようなことはしなかった。

肩肘張って、気丈に振る舞った。

シャルがそうであったように、ヘレナにも心を休める場所が必要だったのである。

そしてそれを、今ようやく見つけたのだ。

「ごめん……ごめんなさい、あたしっ」

「いいんだよ、もう。たとえ誰も許してくれなくても、わたしだけは許してあげるから。

だからヘレナも、自分のことを許してあげて？　自分を許してあげられるのは、自分だけなんだから」

「けどっ……！」

ヘレナはシャルの胸に顔を埋めて、涙を流しながら嗚咽をこぼす。

自分がとんでもないことをしてしまった自覚が、ヘレナ自身にもあるのだ。

だからこそ、ヘレナは自分を許すことができない。

「シャル、あたし……取り返しの付かないことをっ」

「大丈夫。大丈夫だよ。まだ、なにも終わってなんかいないもん」

そう、まだなにも終わってなどいない。取り返しの付かない状況ではない。

「なにをするつもり？」

「ヘレナが自分を許してあげられるようにするだけだよ」

不安げな顔をするヘレナに、シャルは安心させるような微笑を返す。

決着をつけなければならない。

すべてを救うために。

†　†　†

不意に、少年は眠りから目が覚めるような感覚に襲われた。

（ここは……？）

自分がどこにいるのかわからず、彼は咄嗟に辺りを見回した。

白い壁、白い布団、白いカーテン。嗅ぎ慣れた消毒液のニオイが染みついた白い部屋。

そこは、少年の病室だった。

それがわかればなんてことはなく、わずかでも慌てたのがバカらしく思えた。

安堵（あんど）と自嘲の色が混ざった息を吐き、そうして遅蒔（おそま）きながら気付く。

自分が座るベッドの横——窓際に置かれた椅子に、一人の少女が座っていることに。

少女の背後では、開けられた窓から吹き込む風にカーテンが揺れている。

穏やかな日差しが病室を照らし、部屋に満ちた暖かい空気は眠気を誘う。

少女といたにも拘わらず、少年は自分が微睡んでしまっていたことを理解した。

誰かといるときに眠ってしまうのは、その人といることに安心しているからだという。

少年にとって、少女のいる病室に安心感を覚えるのは事実だったが、それでも少しばかり申し訳なく思ってしまう。

少年の顔から察したのか、少女は責めるつもりはないとばかりに首を振る。

少女に感謝しながら、少年はもう一度、自身の病室を眺めた。

ずっと使っている慣れ親しんだ病室なのに、どうしてか、とても懐かしく感じたのだ。

（なにか、忘れてるような……）
そんな気がする。気がするだけで、そこからなにかを掴めるわけでもない。
ただの杞憂。勘違い。そんな一言で済ませてしまえる程度のもの。
事実、少年の中にある感覚は、瞬く間に薄れていた。
すべてがどうでもいい――一度気にしなくなれば、そんな感情すら湧いてくる。
なにかを気にするのも煩わしく、なにかを考えるのも億劫だった。
眠りへ落ちていくように思考力は下がり、自由になりたいという衝動だけが募る。
すると、少女が手を差し出した。
少年へと向けて、いつかのように、少女の手が差し伸べられる。
（この手を取れば、俺は帰れるのか？）
いったい、自分がなにを考えているのか、少年にもわからない。
わからないが、確信があった。
目の前の手を取れば、自分の願いは叶うのだという確信が。
（なら、いいじゃないか）
思ってもみなかった形ではあるが、それでも少年の願いは結実するのだ。
なにも方法にこだわる必要はない。ずっと願っていたことで、望んでいたことだから。
躊躇う理由はない。ただ、少女の手を取ればいいだけだ。

少年は右手を持ち上げて、差し伸べられた少女の手へ――

「…………いや、ダメだ」

伸ばそうとしたところで、腕を静止させた。

そして――レオンハルトは、宙に浮いた右手で拳を握る。

「俺が帰りたいのは、こんな幻じゃない」

話したいことはある。

伝えたいこともある。

しかし、それは今じゃない。

「悪い。まだ、やり残したことがあるんだ。それを片づけないと、きっとまた後悔する」

後悔。彼にとってそれは、なによりも重いものだから。

それを抱えた状態では、たとえ願いが叶ったとしても、絶対に納得などできないから。

「だから、悪い。まだ、そっちには帰れない」

少女は呆気に取られていたが、レオンハルトの言葉を理解して右手を下ろし――

柔らかく、嬉しそうな微笑を浮かべ、頷いたのだった。

† † †

「────なに？」

塔の頂で、アモルヴィアは怪訝そうに眉根を寄せた。

視線の先で立ち上る漆黒の奔流から、言い表しがたい奇妙な気配を感じたからだ。

それは初めてのことであり、なにかが起こっていることの証左であった。

アモルヴィアが目を細めて事態を見守っていると、唐突に奔流の中から左腕が突き出される。

獣のように毛深いわけでも、爬虫類のように鱗で覆われているわけでもない。

ごく普通の、人の左腕だ。

奔流から腕が出たのをきっかけに、轟々と唸っていた黒き渦が揺らぐ。

その隙を衝いたかのように、次の瞬間──内側から漆黒の奔流が薙ぎ払われた。

「げほっ、げほっ」

魔法から解放されたレオンハルトは、剣を支えに膝をついてむせ返る。

肩で息をしながら呼吸を整えるレオンハルトの姿は、魔法に呑み込まれる前と変わっていなかった。

至って普通の、どこにでもいる人の姿そのままである。

「馬鹿な……」

目の前で起こったことに、アモルヴィアが驚愕に顔色を変える。

「欲を理性で抑え込んだのか？　いや、そんなことできるはずがない……」

〈原初へ帰する堕天〉は、理性の鎖を破壊して欲望を絶対とさせる魔法だ。

理性など残るはずがなく、仮に残っていたとしても欠片程度の理性で欲は抑えられない。

ならばいったい、これはどういうことなのか。

戸惑うアモルヴィアの脳裏に、とある一つの可能性が思い浮かぶ。

「まさか……それがおまえの欲なのか？」

震える声で投げ掛けられた問いに、

「さあな。細かいことなんて、俺にはわからないさ」

さして興味がなさそうな口調で、しかし確信があるかのような声音で彼は述べる。

「ただ、絶対に譲れないものがあっただけだ」

まだ、やり残したことがある。まだ、返すと決めた恩を返せていない。

それを途中で放棄するなど、少女と過ごした時間を自ら穢すことと同義である。

ゆえに、レオンハルトは舞い戻ったのだ。

向けられる瞳には、揺るがず、折れず、屈することのない強い輝きが宿っていた。

その瞳に射抜かれて、アモルヴィアは無自覚に一歩、後退っていた。

「……なるほど、欲を以て欲を制したか」

一筋の冷や汗を垂らして、アモルヴィアは複雑な笑みを作る。

「尋常ではないよ、おまえ」

彼女が動揺というものを覚えたのは、まさにこの瞬間が初めてだった。

もはや笑うしかない。欲を以て欲を制す？　なんだそれは、どういう理屈だ。自分で言っておきながら可笑しくなる。

アモルヴィアの心情を言葉にするなら、そんなところだろう。

最も強い欲が他の欲を呑み込み、結果として理性の役割を果たすなど意味がわからない。

レオンハルトが成したのはそれほどのことで、常識外れ極まりないことなのだ。

荒唐無稽。でたらめもいいところである。

「『魔王』の名は伊達ではないということか……」

かつて、己を殺した存在をアモルヴィアは思い出す。

人が神を殺す、などという常識では考えられない所業を成したのが初代『魔王』だ。

その『魔王』と同格の存在であるレオンハルトなら、自分の魔法を撥ね返すことくらいやってのけるだろうと納得する。

ここに来て初めて、アモルヴィアはレオンハルトを脅威と認識したのだ。

「だが、私がやることは変わらん。おまえたちを救うだけだ」

目の前の存在が己にとってどれだけ脅威だろうと、彼女の信念が揺らぐことはない。

アモルヴィアを突き動かすのは人類への愛であり、もはや抑えなど利かない衝動なのだ。

愛しいゆえに、救うのみ。

「……おまえは、なにもわかってない」

「奴にも同じことを言われたよ」

かつての『魔王』が自分と同じことを言ったとき、彼がどんな心境だったのかをレオンハルトは少しだけ理解できた。

アモルヴィアの救いは、あまりにも独善的なのである。

「本当に、おまえたちは似ているな。だからこそ、私はおまえを救う。そのために、そろそろこの余興も終幕としよう」

アモルヴィアの周囲に魔力弾が浮かぶ。

完全復活に近づいているのか、一つ一つの弾に込められている魔力量が増していた。

「少し痛いだろうが、私が復活するまでの辛抱さ。それまで眠っているといい」

アモルヴィアが言い終わると同時に、散乱していた魔力弾が一斉に放たれた。

レオンハルトは両足に力を入れるも、

「くっ……」

膝から力が抜けて、立ち上がることができなかった。

アモルヴィアの魔法を打ち破りはしたが、その際に体力と気力を大きく消耗したのだ。

レオンハルトの状態に斟酌（しんしゃく）することなく、魔力弾は問答無用で襲いかかった。

刹那、爆発が連続して黒煙が立ち込める。

あわや終わりかと思われたとき、風にたなびく煙の中から白銀の魔法陣が覗く。

レオンハルトの正面に展開された魔法陣が、魔力弾から彼を守ったのだ。

「役者は揃（そろ）った、ということか」

アモルヴィアが不敵な微笑を向けるのは、レオンハルトの背後。

釣られるようにして、レオンハルトが後ろを見やる。

そこには、塔の外に浮かぶ魔法陣の上に立つシャルの姿があった。

「お待たせ、レオくん」

シャルは魔法陣から塔へと降り立ち、つかつかとレオンハルトに歩み寄る。

そして、わずかに腰を落として右手を差し出した。

「立てそう？」

そう言ったシャルの姿が、レオンハルトの中でとある少女と重なって。

懐かしい想いが胸に溢（あふ）れると共に、不思議と力が湧いてくる。

「ああ、悪い」

差し伸べられたシャルの手を握り、レオンハルトは自分に鞭を打って奮い立つ。

それから二人は、揃ってアモルヴィアへ目を向けた。

覚悟と決意に満ちた瞳を一身に浴びて、それでもアモルヴィアは悠然と微笑する。

「おまえも私を討つことを望むか、『魔女』よ」

「それがヘレナのためだから」

「本当にそうかな？　ここで私が消えれば、あの少女の願いは叶わない。そうなれば、奴はまた得られぬ救いに喘ぐことになるぞ？」

「そんなことにはならないよ」

「なぜ断言できる？」

「ヘレナが欲しかったのは救いじゃないからだよ」

「いいや、奴は救いを欲していたさ。己を苛む感情から自由になりたいと」

「確かに、ヘレナは自分の中の想いに苦しんでた。でも、救いを求めたわけじゃない」

ヘレナ自身が吐露した本心を知っているシャルだからこそ断言できる。

「だから、貴女の救いは必要ない」

敵対の意思を明言して、シャルは杖を構える。

「それに貴女の復活を許したら、それこそヘレナが苦しむことになる」

「ならば、私がその苦しみから救ってやればいい」

「それはただの自作自演だ」

レオンハルトが怒りと呆れを露わにして言った。

「決着をつけてやる。行くぞ、アモルヴィア。俺たちがおまえを斃す!!」

「いいや、勝つのは私だよ。おまえたちを救い、人類すべてを救ってやろう」

どちらも意気軒昂(いきけんこう)といった様子で啖呵を切り、ここに終演への幕が切って落とされた。


轟ッ!!　と風を裂いて魔力弾の弾幕が放たれる。

レオンハルトとシャルは左右に分かれ、迫り来る魔力弾の驟雨(しゅうう)を回避する。同時に、レオンハルトは塔の形に添うように走り、アモルヴィアへの接近を試みる。

当然、アモルヴィアはレオンハルトを警戒して、彼にいくつもの魔力弾を見舞う。

だがそこで、レオンハルトを守るように魔法陣が展開された。

反対側にいるシャルが、レオンハルトを援護しているのだ。

シャルが加わったことによって、レオンハルトは守りに意識を割かずに済む。結果、アモルヴィアに対して有利に立ち回れるようになった。

レオンハルトの動きに合わせて展開される魔法陣。自身を守ってくれるそれを壁代わりに、彼は迷うことなく彼我の距離を縮めていく。

埒が明かないと判断したアモルヴィアは、レオンハルトからシャルへと狙いを変える。

レオンハルトはその一瞬の隙を衝き、迫撃して一刀を叩き込む。

急接近する際の勢いを乗せた渾身の一撃が風を切る。

振るわれた剣が銀光の尾を引いて奔るも、それは魔力障壁に阻まれてしまった。

今までなら、ここで手をこまねくことになっていただろう。

しかし次の瞬間、レオンハルトの繰り出した一刀によって、魔力障壁が呆気なく砕け散ったのである。

「――――ッ⁉」

予想していなかった事態に、レオンハルトとアモルヴィアが驚愕した。

特にアモルヴィアにとっては衝撃だった。たとえ小技とはいえ、神である自分の力がこうも簡単に破られたのだから。

付け加えるなら、今のアモルヴィアは数分前より数倍、開戦からは数十倍も強大な存在になっている。本来の姿、本来の力に限りなく回帰しているのだ。

にも拘わらず、呆気なく守りを突破されたという事実。

胸を衝く衝撃に気を取られ、レオンハルトの次の行動に反応が遅れる。

「〈燦然光牙〉‼」

魔力障壁が消えた隙を衝き、レオンハルトが飛び退きながら魔法を使う。

アモルヴィアがはっとなった直後、無数の光が瞬いて爆炎が荒れ狂う。

耳を劈（つんざ）く轟音が大気を震わせ、何度目かになる黒煙が立ちこめる。

魔力障壁を一撃で破ったことを踏まえ、レオンハルトは確かな手応えを感じていた。

それでも、物事は簡単にはいかない。

「驚いたよ、今の私の魔力障壁をああも簡単に砕くとは。いささか背筋が冷えた」

煙の向こうから届く悠々とした声音。

もうもうと視界を遮る黒煙を片腕で払い除け、泰然とした微笑を湛（たた）えたアモルヴィアが姿を見せた。

「だが、まだ足りない」

アモルヴィアが言うように、レオンハルトの放った魔法は意味を成していなかった。

なにせ掠（かす）り傷はおろか、纏うドレスに綻び一つ見られないのだから。

未だ差は歴然。それどころか、秒刻みで突き放されているのだ。

刻一刻と開いていく戦力差は、レオンハルトとシャルの二人がかりでも埋めがたい。

「さあ、どうする？　私に魅せてくれ、愛し子たちよ！」

この状況を愉しむように、アモルヴィアは嬉々（きき）として今出せる全力をぶつけてくる。

不快な羽音を響かせて、イナゴの大群が複眼を爛々と輝かせながら飛来する。

レオンハルトは数匹を斬滅し、黒い濁流となって迫る本隊を飛び退いて回避した。

そしてもう一方のシャルは、襲い来るイナゴの大群に対して〈守護者の御楯〉を展開する。

それを見ていたレオンハルトが慌ててシャルに声を掛ける。

「ダメだ、シャル！　そいつらは魔法を食う！」

レオンハルトの声が響くと同時、展開された魔法陣の盾をイナゴの群れが喰らう。

瞬く間に削られる魔法陣を見て、シャルは咄嗟に横へと飛び退いた。

一拍遅れて、シャルがいた場所をイナゴの奔流が駆け抜けた。

空中で旋回して再び襲い来るイナゴに、シャルは再度魔法陣による防御を試みる。

けれど、その抵抗は無意味だった。魔法陣はあっという間に食い尽くされ、イナゴを喜ばせる結果にしかならない。

攻撃系の魔法を持たないシャルは、イナゴたちにとってはただの餌食になる。

（くそっ、シャルを助けたいけど……！）

イナゴとシャルの距離が近すぎるため、不用意に魔法を使えばシャルを巻き込みかねない。加えてレオンハルト自身も、自分に差し向けられたイナゴを処理できていない。

レオンハルトが自身に襲いかかるイナゴを躱すと、シャルを襲っていたイナゴと合流して一つの大群になる。

得られるもののないレオンハルトより、多少なりとも食い出のあるシャルに狙いを変えたのだ。

勢いを増してシャルに襲いかかる蝗害（こうがい）の暴威。

シャルはすぐさま魔法陣を展開するも、数を増した大群が相手では無力に等しかった。

白銀の魔法陣は数瞬の間に漆黒に覆われ、耳障りな羽音を響かせる激流の前に散る。

アモルヴィアが完全体へと近づくにつれて、比例するように力が増幅していた。

「なら、これでっ！」

シャルは諦めることなく、新たに魔法陣を展開。

五枚の魔法陣を重ね、濁流のごときイナゴの侵攻をわずかに足止めした。

もっとも、それも先延ばしにしかならなず、なんらかの手を打たなければジリ貧だ。

矢継ぎ早に押し寄せるイナゴが魔法陣に張り付き、後から来たイナゴは前にいるイナゴに喰らい付く。

「――っ！〈優しき慈母の抱擁（マザーズ・エンブレイス）〉!!」

なにかを思いついたのか、シャルが言霊を発して新たな魔法を行使する。

それはグローア村でも使用していた第六位階の結界魔法。

いかにシャドー・ドラゴンの一撃を凌（しの）いだ結界といえども、魔法を喰らうイナゴが相手では盾としては役に立たない。

しかしシャルは、あろうことか結界を自分の周囲には展開しなかった。

シャルが結界を広げたのは、イナゴたちの周囲であった。

魔法陣を狂ったように貪っていたイナゴたち。それを閉じ込めるように、球体状の光の膜が包み込んだ。

「レオくん！」

シャルの声が届くと同時に、レオンハルトは彼女の意図を理解した。

迷うことなく魔法を発動すると、結界の中で光が瞬くと共に爆炎が荒れ狂う。

結界に閉じ込められた状態で逃げることは叶わず、暴威を振るったイナゴの大群は欠片も残さずに消滅した。

二人の咄嗟の連携。それを見物していたアモルヴィアが賞賛を贈る。

「見事だよ。おまえたち二人のどちらが欠けても成し得なかった策だ」

肩で息をする二人を見つめ、アモルヴィアは「しかし」と付け加える。

「もはや、私の復活まで秒読みの段階だ。もう諦めたらどうだ？　今ならおまえたちを私の復活に巻き込むことなく、救ってやることができるが？」

アモルヴィアにとって最後の情けであるそれを、レオンハルトとシャルは——

「何度でも言うさ——」

「——貴女の救いは必要ない」

未だ折れぬ二人に、アモルヴィアは微笑ましげな表情を浮かべる。

「いくら否定されようと、やはり私はおまえたちが好きだ。ゆえに、私は今度こそ全人類を救う」

瞳に決意を宿し、アモルヴィアが魔力を練り上げる。

膨大かつ強大な魔力の唸りに、大気が地響きに似た音を響かせる。

「して、どうする？　『魔王』の力は私に届かず、『魔女』では私を討てまい」

そう、たとえレオンハルトたちが気張ろうと、彼我の差を埋めなくては話にならない。

八方手詰まり。万策は尽きた。

傍から見れば誰もがそう思う状況で、シャルがぽつりと呟くように尋ねる。

「レオくん……信じて、いい？」

微かに不安を表情に滲ませて、シャルはまっすぐにレオンハルトを見つめる。

なにを考えているのかはわからない。きっと、途轍もない賭けなのだろう。

その程度のことしか察せられなかったが、レオンハルトが返す言葉は至極明白だった。

「ああ、任せろ！」

明朗な声の返答に、シャルは小さく笑みをこぼす。

そして――

「遍く星々と万象の理を超越し、奇跡を以て停滞せし終天を現象せよ！」

シャルは詠唱を唱え、杖の底を床に打ち付ける。

彼女が最後の一句を紡ぐと共に、編み上げられた膨大な魔力が形に成される。

「時よ止まれ――〈光を愛さぬ者〉!!」

上空に街を覆うほどに巨大な魔法陣が現れる。

煌々と金色に輝くそれは、針の抜け落ちた時計の文字盤だった。

結界魔法〈光を愛さぬ者〉。第七位階に分類される大魔法の一つだ。

街の上空に魔法陣が広がると、街のすべてが時間を止められた。

風が、流水が、草木が、呼吸が、羽ばたく鳥が。

否応なく、なにもかもが止められる。さながら額縁に入れられた絵画のごとく。

静止した世界。この中で動けるのは術者であるシャルと、彼女を存在として超えるアモルヴィアのみ。

「第七位階の魔法か、凄まじいな。しかし、今更こんなものを使ってどうする?」

アモルヴィアは停止した街並みを見渡しながら問う。

いかに第七位階の魔法であろうと、存在としてシャルに勝るアモルヴィアに意味はない。

けれど、次の瞬間にアモルヴィアは気付く。

「――っ、力の供給が……」

自身の右手を見つめ、アモルヴィアが驚いたように呟いた。

「しかも、これは……ここに来てかッ」

わずかに眉を逆立て、アモルヴィアが視線をある一点に向ける。

その視線の先には、シャルの左手の甲で輝く紋章。

第七位階の魔法は今、魔女の権能たる《祈禱》によって神業へと昇華されたのだ。

「貴女を完全には止められなくても、貴女を復活させようとしてる魔法なら止められる」

いかに魔法を神業へ昇華しようと、あくまで同じ土俵に立ったにすぎない。

だが――〈反魂楼〉の術者はヘレナであり、彼女は格としてシャルに劣る。

つまり、止められる。

術者であるヘレナが時間の停止に囚われ、同時に〈反魂楼〉という魔法も機能を止めた。

結果、アモルヴィアへと供給されていた命の流れも停止する。

「だが、それも先延ばしに過ぎん。供給が断たれたところで、復活が少し遅れるだけのことだ」

「だから、わたしは信じることにしたんだよ」

「信じる？　なにを――」

ピシッ、と響いた音にアモルヴィアが言葉を断つ。

彼女が視線を向けるのは、シャルの魔法によって止まっていたレオンハルトだ。

レオンハルトの握る剣は、淡い金色の魔力に包まれていた。

アモルヴィアがシャルの狙いに気付くと同時に、レオンハルトが停止の束縛を打ち破る。

「まさかッ⁉」

彼の周囲に金色の魔力光が散り、魔剣がそれを吸収していく。

柄を握るレオンハルトの右手では、シャルと同様に《勇壮（ブレイヴ・コード）》の紋章が輝いていた。

「私の魔法ではなく、魔女の魔法を吸収するのが目的だったのかッ」

そう、シャルが時間停止の魔法を使った理由は二つ。

一つはアモルヴィアの復活までの時間を稼ぎ、今以上に強大な存在になることを防ぐこと。

もう一つは、第七位階という最大級の魔法をレオンハルトの魔剣に吸収させること。

たとえ既存の力では届かずとも、第七位階の魔法を倍加した規格外の一撃ならば、アモルヴィアに届く可能性は十分にあった。

「なぜだ……なぜ、そこまでして私の救いを拒む！　なぜ、私を否定する⁉」

初めて声を荒らげたアモルヴィアに、レオンハルトが淀（よど）みなく応える。

「おまえが誰も救おうとしてないからだ」

「私の愛は人類に自由という救いをもたらしたはずだ！」

「それは人としての自由じゃない。獣としての自由だ。そんなものを救いとは言わない」

アモルヴィアが与える救い……その果てに待つのは獣の楽園だ。

そこには自由があるのかもしれないが、人としての尊厳などはない。

「おまえの救いは、誰も救えない。誰も救わない」

彼女が生み出し、もたらす救いは、真の意味で人への救いにはならないのだ。

「だから――」

レオンハルトは右手に握った剣の切っ先をアモルヴィアに向ける。


「神様（おまえ）が救わないなら、魔王（俺）がすべてを救ってやる!!」


刹那、雲の切れ目から天使の梯子（はしご）が差す。

陽光はレオンハルトを照らし、まるで祝福されているかのようだった。

「ならば、おまえが求める救いとはなんだ!!」

蝗害の奔流を繰り出すアモルヴィアに、レオンハルトは勝利への詠唱（うた）を唱い上げる。

「其は果てなき道の標となりて、天を照らす明日への光とならん！」

言霊が紡がれると同時に、魔剣から吸収したシャルの魔法が解き放たれる。

すべてを縛る停止はその性質を変え、すべてを斬り祓（はら）う黄金の陽光と化す。

「天照（てんしょう）せよ――〈捧ぐ光の救世（ルクス・ザルヴァートル）〉!!」

世界を照らす黄金光となった一撃が、激流となって津波のごとく奔る。

特攻能力を付与されて放たれた光はアモルヴィアを呑み込むと、天へと伸びる柱となって曇天を穿(うが)つ。

まばゆい黄金の光によって、秒刻みでアモルヴィアの存在が薄れていく。

そんな彼女に向けて、レオンハルトは告げる。

「俺の求める救いは、現在(いま)が約束されていること」

人は過去には戻れず、未来は誰も保障してくれない。

だからこそ、すべてのものへ唯一平等に与えられる刹那(いま)を、奪ってはいけないのだ。

自分の意思で進む道を選ぶ瞬間を、他の誰かが奪っていい道理はないのだから。

アモルヴィアの救いは一方的で、刹那を奪う行いに他ならない。

ゆえに、レオンハルトは彼女の救いを否定する。

「俺は獣としてじゃなく、人として生きていきたい」

「――――」

アモルヴィアは瞠目して、

「……そうか」

納得したかのような声音でぽつりと呟く。

「それなら…………仕方ないな……」

口元を小さくほころばせ、どこか悲しそうな微笑を浮かべながら消滅する。
彼女の核たる血紅石もまた、欠片も残さず粉々に砕け散って。
覆っていた暗雲は払われ、空には広がる青と輝く太陽が顔を見せるのだった。

終　章　すべては、ここから

夜の帷が下りたミルヒ。

夜闇に包まれた街並みには多くの明かりが灯り、夜の賑わいが喧々囂々と聞こえてくる。

アモルヴィア復活の儀式が行われていたとは思えないほど、街は普段となんら変わらぬ様相を呈していた。

そこかしこの宿屋からは活気が溢れ、酒場ではらんちき騒ぎが繰り広げられている。

街のそんな光景を脇目に、レオンハルトとシャルは並んで歩いていた。

「ミアちゃんとシルヴィアさん、心配なさそうでよかったね」

「ああ。街の人たちも問題なさそうだし、これでようやく一件落着って感じだな」

二人がアモルヴィアを撃破した後、そびえ立っていた塔は幻のように消えた。それから十分もしない内に、気を失っていた街の人々がぽつぽつと目を覚ましたのだ。

レオンハルトたちは冒険者ギルドにことの経緯を説明し、人々の安否確認をしてもらった。

結果、幸いにも死者はゼロ。命に別状があると判断された者もいないらしい。

吸血鬼であるミアや、妖精であるシルヴィアのように回復に時間を要した者こそいるが、彼女たちも問題なく歩ける程度に回復している。

念のためシルヴィアとミアを宿まで送り、今はその帰り道というわけだ。

「そういえば、あの娘は？」

「ヘレナのこと？　それなら……どこかに行っちゃった」

「なにも聞いてないのか？」

「うん。たぶん、村に戻ることもないと思う」

今回の事件の実行犯であるヘレナ・ベルツ。現在、彼女の行方は不明である。

『アルカナム』というテロ組織の一員が関わっていることもあり、街の守衛組織などは警戒を強くしている。

近日中に王都の騎士団に報告が行き、調査隊が編制されるだろうという話だった。

経緯はどうあれ、ヘレナはテロ組織の一員だ。組織に身を置くにせよ抜けるにせよ、逃亡生活を余儀なくされるだろう。騎士団からはテロ組織の一人として、『アルカナム』からは裏切り者として。

「ヘレナ、これからどうするつもりかな……」

「組織を抜けてさえいれば、捕まりはしないんじゃないか？」

レオンハルトたちはギルドに報告する際、ヘレナのことを話さなかった。

『アルカナム』の一人が企てた計画を阻止し、その犯人の行方はわからない――と。

ヘレナのことは伏せたため、組織を抜けてさえいれば騎士団に捕まる可能性は低い。

けれど、それはそれで茨の道だ。

組織を抜ければ裏切り者として、組織に残ればテロリストとして追われる身になる。

どちらを選んだとしても、過酷な道に違いはない。

「ごめんね。わたしのわがままで、レオくんまで巻き込んじゃって」

「気にしなくていいさ」

レオンハルトはそう言うと、不意に足を止めて空を見上げる。

すると、数歩先に進んだシャルがくるりと振り向く。

「どうかした？」

「今回も、これといった収穫がなかったなと思ってさ」

「元いた世界に帰る方法のこと？」

「ああ。昨日は神様に会えればなにかわかるかも、なんて言いはしたけど……得られるものはなかったからな」

願いを遂げるため、もっとも可能性のある道へとレオンハルトは進んだ。

しかし今日に至るまで、得られたものはあまりに少ない。

今更歩みを止めることなどできないし、止めるつもりもないが、一抹の不安はある。

「正直、自分が進んでる道が正しいのか、自信が湧かないんだ」

「大丈夫だよ」

シャルはレオンハルトの前に歩を進め、彼の右手を両手でぎゅっと優しく包む。

「レオくんなら、きっと辿り着ける。わたしも一緒に手伝ってあげるから。ね？」

「……なんか、あやされてる気分だな」

「おやおやー？」

シャルはからかうような笑みを浮かべ、

「レオくんは年下の女の子に甘えたい人なのかなー？」

「誰もそんなことは言ってない」

「あたっ」

レオンハルトにデコピンをされ、シャルは短い悲鳴を上げた。

元気づけようとしてくれているのはわかるが、冗談の方向がいささかアレである。

シャルは抗議するような目を向けるも、やがて小さく微笑んでレオンハルトの隣に並ぶ。

そうして二人は、手を繋いだまま歩き出す。

やさしく吹き抜ける夜風に、花壇に咲く花の花弁が夜空へと舞い上がった。

二人はまだ知らない。これが、ただの始まりであることを。

すべては、ここから。

魔王と魔女の出逢(であ)いは、やがて神話となる激動の時代の幕を開けた。

そして——

「そう……すべては、ここから」

彼女は独り、誰にともなく呟(つぶや)いた。

発せられた声は行く当てもなく、ゆらゆらと揺蕩(たゆた)って溶けるように消える。

そこは頂。資格ある者のみが到達できる超次元の最果て。

見る者によって姿を変え、形を変え、景色を変える不思議な場所。

ある者は、そこを千万無量の宝石山と言った。

ある者は、そこを一望千里の花屋敷と言った。

ある者は、そこを広大無辺の大書庫と言った。

煌(きら)めく宝石はいくつもの生命であり、咲き乱れる多種多様な花は個々の魅力であり、収められる書物は各々が紡いだ物語。

そうして今、ここを表わす景色は天壌無窮の大宇宙。

無数の星々が力強く瞬きながら、銀河を形作るようにこの宇宙を回していた。

彼女はその中の一つを愛おしそうに見つめる。

「大丈夫だよ。キミなら、きっと辿り着ける」

一つの星へと熱い視線を注ぐ瞳には、どこか狂気めいた昏い輝きが垣間見えた。

彼女は星を見つめたまま、しっとりと熱に濡れた声色で独白する。

「願いを抱き、覚悟を固め、決意を灯し、運命を破却せんとすれば――」

右手を持ち上げ、愛しい星へと手を伸ばす。

「『神理』は、もう目の前に」

その単語が、いったいなにを意味するのか。今はまだ、誰にも知る由はなく。

ただ一つ確かなのは、これよりすべてが始まるということ。

「わたしが、キミを幸せにしてみせる」

決意の籠もった声で、彼女は今一度、己への誓いを言葉にした。

「だから――」

乞うように、あるいは請うように、はたまた恋うように。

喜ばしくも悲しそうに、好みながらも嫌そうに、彼女は柳眉を下げて笑みを作った。

「わたしを、必ず殺してね」

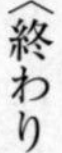
〈終わり〉

あとがき

本作をお買い上げいただき、ありがとうございます。

はじめまして、神ノ木真紅です。この度、講談社ラノベ文庫様から本作を出版していただけることになりました。

一応、本作は講談社ラノベ文庫新人賞の受賞作になります。といっても、受賞から刊行までかなりの時間を要してしまっていたりします。

そのせいで、あとがきで本作についてなにか語ろうにも、当時どういった心境で書いていたかが思い出せず、あとがきでなにを書こうかと悩みました。

悩みましたというか、悩んでます……ええ、現在進行形です。書くことないんですよ。

仕方がないので、刊行する際のことでもお話ししようかと。

本作、実は受賞時からかなり内容が変わっております。

終盤に登場するヘレナ、そしてアモルヴィアは受賞の段階では存在しませんでした。

本編の内容を変えるにあたり、ヒロインであるシャルと因縁のあるキャラとしてヘレナが、そして敵キャラとしてアモルヴィアが誕生することになりました。

この二人が誕生すると同時に消されたキャラもいるので、いつか登場させたいなと思っていたりします。

謝辞となります。

イラストを担当してくださった蔓木鋼音（つるぎはがね）先生、本当にありがとうございました。

主人公とヒロインがセットで描かれている表紙が大好きな私には、これ以上ないくらいに最高のイラストでした！

挿絵では表情豊かなヒロインたちを拝むことができ、シャルの色々な表情がイラストで見ることができたときは、思わず顔がニヤけてしまったほどです。

そして、この本が出るまでに尽力してくださった多くの方々に感謝を。

皆様のお力があり、晴れて本作を世に出すことができました。

最後に、本作を読んでくださった読者の皆様にお礼を。

出版不況が騒がれ、娯楽が数多く存在する中、本作を読んでいただけたのなら作者である私にとっては無上の喜びです。

それでは、またどこかでお会いしましょう。ではでは～。

二〇二三年　三月三〇日

神ノ木真紅

魔王と魔女の英雄神話

神ノ木真紅

2023年4月28日第1刷発行

発行者	森田浩章
発行所	株式会社　講談社 〒112-8001 東京都文京区音羽2-12-21
電話	出版　(03)5395-3715 販売　(03)5395-3608 業務　(03)5395-3603
デザイン	AFTERGLOW
本文データ制作	講談社デジタル製作
印刷所	株式会社ＫＰＳプロダクツ
製本所	株式会社フォーネット社

KODANSHA

ISBN978-4-06-532003-7　N.D.C.913　302p　15㎝
定価はカバーに表示してあります

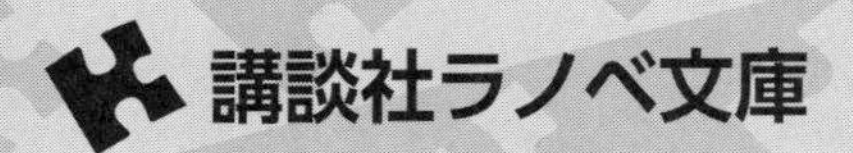

Webアンケートに
ご協力をお願いします!

読者のみなさまにより魅力的で楽しんでいただける作品をお届けできるように、みなさまのご意見を参考にさせていただきたいと思います。

Webアンケートはこちら →

Webアンケートページにはこちらからもアクセスできます

https://form.contentdata.co.jp/enquete/lanove_123/